KB058979

2

친구 캐릭터는 어렵습니까?

Is it tough being "a friend"?

다테 야스시 지음

베니오 일러스트

"프리덤 이쥬."

쥬리

"이치로 님을 먹고싶어.
성적인 의미로."

CONTENTS

Is it tough being "a friend"?

YASUSHI DATE

다테 야스시 지음

2 일러스트

Is it tough being "a friend"?

친구 캐릭터는 어렵습니까? ②

ARACTER

코바야시 이치로
'프로 친구'를 자부하는 소년.

히노모리 류가
주인공 오브 주인공. 사실은 남장여자.

유키미야 시오리
학교의 아이돌 같은 존재.

아오가사키 레이
검의 달인인 쿨 뷰티.

엘미라 매카트니
빨간 머리의 요염한 소녀. 흡혈귀.

히노모리 쿄카
류가의 친여동생.

미온
'나락의 삼 공주' 중 한 사람.

주리
'나락의 삼 공주' 중 한 사람.

키키
'나락의 삼 공주' 중 한 사람.

도철
【마신】 중 한 사람. 별명은 '텟짱'.

혼돈
【마신】 중 한 사람. 그릇은 쿄카.

프롤로그

이 세계에 '죽음과 파괴'를 가져오려 한 이형의 집단 · '나락의 사도'.

그들의 침략으로부터 세계를 지키기 위해, 이능력을 지닌 고등학교 2학년 소년 · 히노모리 류가는 남모르게 싸우고 있다.

격렬해지는 전투 속에서 마침내 '나락의 사도'의 왕인 【마신】이 부활. 도시는 엄청난 혼란에 빠지고 만다. 게다가 【마신】의 빙의체는 여동생인 히노모리 쿄카……. 히노모리 류가는 전에 없던 최대의 궁지에 내몰린다.

그러나 그런 역경에 굴하지 않고 류가는 동료들과 힘을 합해 【마신】 혼돈을 격파. 혼돈의 그릇이 되었던 쿄카도 훌륭하게 되찾았다.

드디어 찾아왔나 싶던 평화. 그러나 전투는 끝난 것이 아니었다.

쓰러뜨린 【마신】은 사흉이라 불리는 존재 중 한 명.

'나락의 사도'를 통솔하는 왕은 아직 셋이나 남아 있었다──.

……이상이 제1부의 대강의 '줄거리'다.

실제로는 류가가 여자애에 몰래 유사 남자친구 따위를

만들고 간호사와 메이드 같은 코스튬 플레이가 취미이기도 하지만, 그 부분은 생략한다. 흥미 있는 분은 꼭 '제1부 · 마신 혼돈편'을 체크하기를 바란다.

그건 그렇고.

그런 현실이지만 픽션 같은 이 '히노모리 류가의 이능 배틀 이야기' 말인데…… 사실은 난감한 등장인물이 한 사람 있다.

그 녀석은 코바야시 이치로라는, 한때 주인공 · 히노모리 류가의 '친구 포지션'에 있던 소년이다.

주로 일상 파트에서 멍청한 짓을 저질러서, 심각한 분위기의 본편과 균형을 맞추는 코미디 구원투수격 서브 캐릭터. 그것이 그의 역할이었다.

그런데. 스토리가 진행되면서 코바야시 이치로는 그 위치에서 점점 벗어났다.

류가의 전투를 멋대로 관전하고, 여자애였던 류가와 멋대로 애정 행각을 벌이고, 적과 멋대로 접촉하고, 급기야 최종 전투에 멋대로 참전하는 방탕함……. 결코 그를 옹호하는 것은 아니지만 본인에게도 예상 밖의 사태였다.

코바야시 이치로는 어떤 존재인가?

커다란 수수께끼를 남긴 채 제1부는 막을 내리고 말았다.

그것이 나—— 당사자인 코바야시 이치로가 안고 있는 당면의 걱정거리다. 그렇기는 한데.

"나리, 기말고사는 어떠셨어요?"

나는 마침내 이해했다.

자신이 어떤 캐릭터인지를. 어떤 역할인지를.

"오메이 고등학교는 생각보다 수준이 높습죠. 나리가 용케 붙으셨군요."

그렇다. 코바야시 이치로는 제2부의 최종 보스였던 것이다.

류가의 여동생 · 쿄카와 마찬가지로 몸 안에 무시무시한 【마신】이 깃들어 있다.

"나리이. 이제 그만 제대로 이야기를 나눕시다아. 아무리 【마신】이라도 상처받는다구요!"

다시 말해 제1부의 내 수상한 행동은 제2부의 밑밥에 불과했다.

이번에는 내가 【마신】의 그릇이 되어 류가 앞을 가로막고 서——.

"저기요오 나아리. 나아리이."

"시끄러워! 지금 독백 중이니까 입 좀 다물고 있어!"

······【마신】이 너무 귀찮게 구는 바람에 그만 혼내고 말았다.

이 녀석이 현대에 부활한 지 대충 일주일이 지났다. 최종 보스인 주제에 말수가 지나치게 많다고 본다. 그리고 지나치게 친화적이다.

"독백이 뭡니까?"

"너하고는 관계없는 이야기야. 그보다 멋대로 나오지

마. 내 안에 들어가 있어."

"모처럼 부활했는뎁쇼? 집에서만이라도 편하게 있게 해 주세요. 오늘은 텔레비전에서 야간경기 중계도 있다구요."

"【마신】이 야구 같은 거 보지 마!"

집 거실에서 나는 또 【마신】을 혼낸다.

게다가 열 받게도 이 녀석은 늘 한신을 응원한다. 숙주가 쿄진 팬인데도 말이다.

"나리는 화가 너무 많아요."

그렇게 말하며 머리를 긁으면서 방석에 책상다리를 하고 앉는 【마신】. 이름은 도철.

──'나락의 사도'를 통솔하는 【마신】은 사실은 넷이다.

──그리고 코바야시 이치로는 그중 하나ㆍ도철의 그릇 이었다.

쓰러뜨린 【마신】은 사천왕 중 한 사람일 뿐, 그중에서도 가장 약체라는 건 확실히 배틀물에서는 '흔한 전개'인지도 모른다.

그러나 개인적으로 말하자면 상당히 떨떠름하다.

내가 희망하는 포지션은 류가의 '친구 캐릭터'이다. 언젠 가는 현재의 '여주인공의 세미남친'에서도 벗어나 예전의 위치로 돌아가고 싶다.

나는 어릴 적부터 누군가를 두드러지게 하고 빛나게끔 프로듀싱해주는 것을 삶의 낙으로 삼아왔다. 조연의 재 능……. 그것이 개성 없는 자신이 겸비한 유일한 특기라고 지금도 믿고 있다.

사람에게는 저마다 천성이란 것이 있고 나는 옆에서야 말로 빛나는 사람이다.

'그런 내가 최종 보스 같은 큰 역할이 가능할 리가 없어. 할 수 있다면 지금 당장 강판하고 싶다. 흥이 많은 변태로 돌아가고 싶다고⋯⋯.'

애초에 제1부의 최종 보스가 '주인공 동생'이었다. 그다음이 '주인공 세미남친'이면 너무나 싸구려라고 본다. 임팩트도 상당히 빠지는 것 같다.

'또 주인공 주변 사람이야', '게다가 코바야시냐', '시시해'⋯⋯. 그렇게 비판받아도 불평할 수 없다. 나도 인터넷에서 씹을 것이다.

'그렇지 않아도 나는 다른 히로인들과도 플래그를 살짝궁 세웠단 말이지⋯⋯. 사도의 여자 간부와도 안면을 텄어⋯⋯.'

게다가 부활한【마신】은 이 모양 이 꼴이다.

위엄의 부스러기조차 느껴지지 않는 것도 문제지만 사실은 도철에게는 더욱더 커다란 문제가 있었다.

"나리. 목욕을 누가 먼저 들어갑죠? 아, 샴푸가 다 떨어져 가니까 내일은 슈퍼에 가시죠."

그렇게 말하는【마신】도철은 소년의 모습이었다.

보통 키에 보통 체구, 별다른 특징이 없는 머리 모양을 한 빈말로도 꽃미남이라고 하기는 어려운 얼굴이다. 덤으

로 교복을 입고 있다. 이토록 매력 없는 최종 보스는 전대
미문 아닐까.

'아니. 우려할 부분은 거기가 아니야.'

나는—— 이 외모를 누구보다 잘 안다.

날마다 거울로 질리도록 보고 있기 때문이다. 자신을 사
진으로 찍으면 늘 이 녀석이 비치기 때문이다.

"쳇, 밉살스러운 얼굴을 하고서……."

"그거는 피장파장입죠."

……그곳에 있는 사람은 나였다.

어디에서 어떻게 보아도 다름 아니라 코바야시 이치로
였다.

부활한 사흉 중 한 사람, 【마신】 도철은.

어찌 된 일인지 캐릭터 디자인이 나와 쏙 빼닮았다.

1장 최종 보스 시작했습니다

1

언제였던가, '도플갱어'라는 존재에 대해 언뜻 들은 적이 있다.

그 녀석은 자신과 같은 모습을 하고 있고, 만난 본인은 조만간 죽는다고 한다.

심령현상이라고 하는 자도 있고 환각 현상이라고 하는 자도 있다. 게임 같은 데서는 몬스터의 한 종족으로 등장하기도 한다.

어찌 되었든 되도록 맞닥뜨리고 싶지 않은 '또 하나의 자신'……. 그것이 도플갱어다.

'도철이 나와 같은 모습을 하고 있다는 것. 혹시 내 죽음을 의미하는 건 아닐까……. 이 녀석은 내 도플갱어 아닌가?'

그렇게 걱정했지만 【마신】은 그 문제를 단호하게 부정했다.

"줄곧 나리 안에 있어서 영향을 받았을 뿐입죠."

"…………."

"깨달았을 때는 성격과 겉모습이 전염되었습죠. 꽤 잘 휩쓸리는 인간이라."

단순히 주체성이 없을 뿐이었다. 정말이지 유감스러운

【마신】이다.

　도철의 말로는 그는 몇백 년이나 전부터 코바야시 일가 사람에게 깃들어 있었다고 한다. 그릇이 죽으면 '이사'를 되풀이하며 부활할 때를 줄곧 기다렸다는 것 같다.

　참고로 이전에는 내 할아버지·코바야시 키하치로 안에 있었던 모양이다.

　그러나 십일 년 전에 할아버지가 돌아가시고 당시 다섯 살이던 나한테 옮겨왔다고 한다. ……아버지, 왜 이렇게 운이 좋아.

　십일 년 전. 마침 내가 유치원에서 '모모타로' 연극을 하고 조역의 매력에 눈떴을 시기다.

　"부활하려면 앞으로 백 년쯤 걸릴 거라고 생각했는데 말입죠. 나리와는 상당히 궁합이 맞는지 예정보다 빨리 힘을 비축했습죠."

　"궁합?"

　"그릇으로서의 거주성이라고 할까요. 원래 나리의 가계는 제가 살기에 아주 좋은 곳입죠. 그중에서도 나리는 역대 최고의 그릇이에요."

　그렇게 말하고 헤헤헤 하고 웃는 도철.

　전혀 기쁘지 않다. 어이, 두 손 비비지 마. 【마신】이 인간에게 아첨하는 거 아니야.

　"여태까지도 가끔 목소리만 나온 적은 있었는데요."

　"그, 그랬어?"

"예. 이를테면 나리가 '벨기에의 수도는 어디였더라'라고 중얼거렸을 때는 '브뤼셀입지요'라고 알려주기도 하고."

듣고 보니 그런 일도 있었다. 완전히 방귀 소리라고 생각했다.

"결정적인 계기는 동족인 혼돈의 공격을 받은 거지만요. 강렬한 자극이었습죠."

……제1부의 최종 전투에서 나는 류가를 감싸고 【마신】 혼돈의 파동을 먹었다.

그런데 내가 하나도 다치지 않은 이유는 이 녀석이 내 안에 있었기 때문인가. 덕분에 '최종 보스에게 공격당하고도 팔팔하다'는 최고로 수상한 캐릭터가 되고 말았다.

'조심성 없이 혼돈과 얽힌 것이 이런 형태로 틀어지다니…….'

씁쓸한 표정의 나를 내버려 두고 도철은 만화 잡지를 읽으면서 깔깔댔다.

지금 여기서 부모님이 돌아온다면 거실에 있는 더블 아들내미를 보고 기겁할지도 모를 일이다. 뭐, 엄마도 아빠도 '일 때문에 올해 안에 못 돌아온다'고 했으니 당분간은 괜찮겠지만.

아무튼 그때까지…… 이 【마신】을 어떻게든 해야 한다.

"무슨 이야기인지 알았어. 도철, 잠깐 같이 정원으로 와."

"텟짱이라고 하십쇼."

"【마신】을 별명으로 부르겠냐! 잔말 말고 따라와!"

도철을 데리고 집에서 나와 나는 곧바로 정원에 삽으로 구멍을 파고── 그곳에 도철을 묻었다.

반복하지만 나는 최종 보스 따위 할 분수가 못 된다. 이 역할은 공손히 반려하겠다.

'지금은 아직 아무도 모르잖아. 들키기 전에 처분하는 거야!'

역시 나는 류가의 친구 캐릭터로 있고 싶다. 미련이 있다.

바람을 버려서는 안 된다. 반드시 돌아갈 수 있는 길은 있을 터. 전후 사정은 나중에 맞추고 일단 도철 부분은 없었던 거로 하는 거야!

그러나 실패했다.

현관으로 돌아가려는데 【마신】이 금세 흙 속에서 기어나왔다.

"정말로 뭐 하는 겁니까아. 이런 건 보통 해변에서 하는 거라구요?"

"큭, 틀렸나……!"

"아~아, 온몸이 흙투성이예요. 욕실, 제가 먼저 들어갈게요."

그렇다면 다음에는 도철을 근처 공원으로 데려간다.

지참한 박스 안에 앉히고 유성펜으로 '누군가 주워가세요'라고 적어두었다.

버린 강아지가 아닌 버린 【마신】……. 원래 동물을 버리는 일 따위 용서할 수 없지만 【마신】이라면 어쩔 수 없을 것 같다. 기르지 못할 사정을 이해해줄 것이다.

하지만 이것도 실패였다.

집으로 돌아오니 놀랍게도 도철이 먼저 돌아와 있었다.

"아, 어서 오세요."

"오, 다녀왔어……. 왜 있는 거야!"

게다가 이미 씻어서 아주 말쑥해졌다. 목욕 시간이 짧은 것까지 나와 똑같다.

"공원으로 돌아가! 친절한 사람이 틀림없이 나타날 거야!"

"그보다 저, 나리랑 같은 모습인뎁쇼? 여러모로 문제가 있잖아요."

"우……."

"애초에 기분 나빠서 아무도 주워주지 않을 거예요."

"아무렇지 않게 디스하지 마!"

그렇게 대꾸했지만 확실히 맞는 말이다. 이웃에게 '코바야시 씨네 이치로가 이상한 짓을 한다'는 소문이 도는 게 고작이겠지. 나답지 않은 경솔한 행동이었다.

그 뒤 꽁꽁 묶어 창고에 가두거나 불경을 외며 성불을 시험했지만 전부 헛수고였다. 어떤 식으로 숨겨놔도 녀석은 어느새 내 등 뒤에 있었다.

"이렇게 되면 누군가 대신 그릇이 되어 주는 수밖에 없나……."

일단 거실로 돌아와 머리를 감싸 안고 있자 도철이 테이블

대각선 맞은편에 앉았다.

"그건 별로 추천하지 않아요."

찻잔 두 개를 준비해 차례대로 차를 따른다. 찻잔 하나를 나에게 내밀며 【마신】은 현미차를 후루룩 마시면서 말을 이었다.

"평범한 사람은 【마신】의 그릇으로 버티지 못하죠. 몸에 들어간 순간에 사망이죠."

"주, 죽어버리는 거야?"

"예입. 그러니까 저도 그릇을 찾는 게 아주 큰 일이에요. 【마신】은 빙의체가 없으면 이 세계에서는 존재할 수가 없으니까."

도철은 그렇게 말하고 어깨를 가볍게 으쓱했다. 자신과 이야기를 나누는 것 같아서 대단히 기묘한 심정이다.

"그러니까 나리의 가계는 아주아주 귀합지요. 코바야시 일족은 저한테 최고의 호스트패밀리예요."

"성이 같으면 되는 거야? 코바야시쯤이야 아마 이 부근에 돌아다닐 텐데."

"아뇨, 나리의 핏줄이 아니면 위험할걸요. 만약에 실패하면 살인자라구요?"

······확실히 위험이 너무 큰 행위다. 법의 심판을 받을 일은 없겠지만, 내 양심이 가책을 느낄 것이다.

애초에 설령 그릇으로 견딜 수 있는 인간이 있다 하더라도 【마신】을 떠넘기는 행동은 어떤가. 그런 짓을 하는 악당에게 류가의 '친구 캐릭터'로 돌아갈 자격이 있을까?

"부탁드립니다. 이대로 나리 속에 있게 해주세요."

도철이 내 뒤로 돌아와 어깨를 주무른다. 그러니까【마신】이 아양 떠는 거 아니야.

"걱정하지 마세요, 최대한 민폐는 안 끼치겠습니다. 집안일도 도울게요."

"그보다 줄곧 신경 쓰였는데……."

나는 찡그린 얼굴로 팔짱을 낀 채 도철에게 물었다. 기분이 좋았으므로 어깨는 주무르게 두었다.

"너 아까 목욕했지?"

"옙."

"조금 전에 부엌에서 차도 준비했고?"

"옙."

"다시 말해…… 나한테서 떨어져 행동했다는 거로군?"

그것이 조금 전부터 마음에 걸렸다.

아니, 공원에 홀로 두고 온 시점에서 품었어야 할 의문이었다.

"혹시 넌 나랑 별개의 행동을 할 수 있는 건가."

"아무렇지 않게 할 수 있습죠."

"치사해! 혼돈은 그런 짓은 못했는데!"

쿄카에게 깃들어 있던【마신】혼돈은 평소에 그녀에게서 떨어지지 못했다. 전투할 때도 쿄카의 머리 위에 머물며 행동했다.

그야 그렇다. 이 세계에 【마신】이 존재하려면 그릇이 필요하니까.

내 허락도 없이 움직이다니 구리가 구라(쌍둥이 들쥐 구리와 구라가 나오는 그림책 시리즈)에게 말 안 하고 단독 영업을 하는 거나 마찬가지잖아!

"그 대신에 저는 이계의 문을 열 능력이 없습죠. 한마디로 【마신】이라고 하지만 특기가 저마다 달라서……. 아, 참고로 뿔도 나오게 할 수 있습죠."

도철의 양쪽 머리에 양처럼 활 모양으로 구부러진 뿔이 쑥 나타났다.

"집어넣어! 그보다 그래서야 동료인 사도들을 부를 수 없잖아! 혼자서 어쩔 셈이야!"

"부하 따위 필요 없어요. 저는 개인주의니까. 외톨이 마신이니까."

"아무튼 자유행동만큼은 절대로 금지야!"

도철은 나와 판박이. 멋대로 돌아다니는 건 용인할 수 없다.

만약 이 녀석이 동네를 파괴한다면 내가 체포당한다. 그걸로 퇴학 처분이라도 받으면 두 번 다시 류가의 친구로 돌아갈 수 없게 된다.

"에~, 좀 어때요오. 하다못해 편의점 정도는……."

"안 돼! 외출은 인정 못 해! 외박 같은 거 했다가는 죽인다!"

"뭐라든지 변명할 수 있다구요. 도플갱어라든가 2P 캐릭터라든가.”

“먹힐 리가 없잖아! 특히 두 번째 거!”

“그럼 ‘과학인법(忍法)·식신 클론술’이란 걸로 할깝쇼.”

“나를 이보다 더 복잡한 캐릭터로 만들지 마!”

자신과 똑같은 얼굴에 호통을 치면서 나는 가벼운 현기증을 느꼈다.

2

이러쿵저러쿵하는 사이에 우왕좌왕 기말고사가 끝나고 여름방학이 되었다.

내가 다니는 현립 오메이 고등학교는 그럭저럭 대학을 보내는 학교다. 낙제점을 받으면 보충이 기다리지만, 간신히 전 과목을 정확히 평균점으로 넘겼다. 담임인 미네기시가 “이렇게 점수 받기가 더 어렵지 않나”라고 했지만 그 부분은 무개성 캐릭터의 지위에 맞는 활약이라 할 수 있다.

‘이걸로 시간적인 여유가 생겼어. 늦기 전에 어떻게든 【마신】을 버려야 해…….’

내가 이전 포지션으로 돌아가기 위해서는 도철의 그릇이어서는 안 된다. 아무런 힘도 없는 일반인이어야 한다.

주인공인 친구라는 일상 파트의 상징…… 본줄기인 전투 파트에 얽히는 게 아니었다. 이능 배틀물에서 ‘천하무적 주인공’은 있어도 ‘너도나도 천하무적’ 따위 있어서는 안 된다.

'뭐야, 여름방학은 한 달도 넘어. 반드시 최종 보스를 회피할 수단을 발견하겠어!'

하지만 그 전망은 너무 낙관적이었다.

시간에 여유가 생긴 건 나만이 아니었다.

1학기 종업식이 끝난 그날 밤. 내 휴대전화에 무정하게도 류가의 메시지가 들어왔다. 이모티콘을 잔뜩 집어넣은 슬플 만큼 화려한 메시지였다.

'이치로에게. 내일부터 여름방학이네! 좀 이르지만 귀여운 여자 친구가 만나고 싶어 해!'

……그런 이유로 나는 여름방학 첫날부터 히노모리 저택으로 가게 되었다.

나로서는 기선을 제압당한 기분이지만 주인공이 부르는데 함부로 거절할 수 없다. 이 세계에서 그녀의 사정은 모든 것보다 우선시되니까.

──히노모리 류가는【황룡】이라는 수호신이 몸에 깃들어 있는 이 이야기의 주인공.

겉으로는 '평범한 남고생'이지만 뒤에서는 '나락의 사도'에 용감하게 맞서 세계의 평화를 지키는 정의의 히어로를 맡고 있다. 한때 나도 그 스타성에 반해 '이 녀석의 친구가 되고 싶다'고 강렬히 열망했다.

나는 고등학교 입학 초부터 계속 옆에 붙어 다니며 공식적으로 그 포지션을 획득했다. 그러고 나서는 '멍청하고 태평한 친구'라는 복고풍이지만 견실한 캐릭터를 담당해왔다.

　그러나. 히노모리 류가에게는 또 다른 뒷모습이 존재했다. 그렇다. 여자아이였던 것이다.

　히로인들의 마음을 빼앗은 강하고 상냥하고 쿨한 소년은 사실은 본인이 히로인이며——.

　게다가 무슨 이유인지 나를 '연인 수행' 상대로 골랐다.

　"이치로, 어서 와!"

　대갓집처럼 호화로운 저택에 도착해 현관의 미닫이문을 드르륵 열자마자.

　안에서 튀어나온 메이드 복장의 소녀가 기세 좋게 나에게 안겼다.

　허둥지둥 소녀를 받아내자 뜻하지 않게 공주님 안기 포즈가 되었다. 코끝을 간지럽히는 살랑대는 머리카락에서는 희미하게 샴푸 냄새가 났다.

　"어, 어이 류가. 아직 현관이야. 그 차림은 위험하다고!"

　"괜찮다니까아. 길에서는 보이지 않아."

　분명히 히노모리의 집은 이 부근에서는 손에 꼽는 거대한 저택이다. 대문은 성채처럼 견고하고 정원도 대단히 광대한 데다 소나무가 빽빽이 심겨 있다. 저택 상황은 절대로 살필 수 없다.

　그래도 이 의상으로 바깥에 나오는 건 반칙이잖아…….

　"에헤헤. 오늘은 메이드 류가짱이야."

"스스로 '짱'을 붙이지 마."

"그러니까 오늘의 이치로는 주인나리야."

"그렇게 부르지 마. 트라우마가 될 지경이야."

"그럼 주인님이네."

나에게 안긴 채 류가가 생글생글 웃으며 말한다.

팔락거리는 치마로 들여다보이는 허벅지가 눈부시다. 눈동자는 크고 속눈썹은 길고 가까이에서 보면 새삼 여자애라고 통감한다. 예쁜 형태의 작은 입술에는 연분홍색 립을 발랐다.

'괜찮아. 도철의 기척은 알아채지 못했어……'

그 점은 안심해도 될 것이다. 불행 중 다행이라고 해야 할까, 아무래도 【마신】이라는 사악한 기운을 완전히 지운 듯하다.

그 은밀성은 히노모리 류가조차도 속일 만큼 완벽했다. 류가는 함께 사는 여동생 안에 【마신】이 있는 것조차 줄곧 알아채지 못했다.

'사도들도 훈련하면 사기를 지울 수 있다고 했던가……. 그리고 보니 전에 노래방 점장으로 둔갑한 사도도 처음에는 정체를 들키지 않았지.'

내 속마음 따위 알 리도 없이 여전히 류가는 신이 나서 나에게 안겨 있었다. 평소에는 천으로 꽉 둘러매고 있는 E컵도 지금은 구속에서 풀려나 자유를 만끽하고 있다.

그리고 조금 전부터 그 한쪽 가슴이 나에게 물컹물컹 닿

고 있다. 이성을 마구잡이로 어지럽힌다. ……무섭다, 드래곤 브레스트.

"자 주인님, 이대로 저를 방까지 에스코트해주세요. 상냥하게 신사적으로요."

"그게 무슨 메이드야."

"지적 고마워."

설명의 필요도 없겠지만 당연히 그녀는 메이드가 아니다. 부모님이 외국에서 오랫동안 체류하고 있는 지금, 실질적으로 이 저택의 주인이라 할 수 있다.

이것은 단순한 코스튬 플레이이며, 류가의 취미다. 방 옷장에는 아직도 수많은 '여자아이 변신 세트'가 숨겨져 있었다.

참고로 나의 추천은 바니걸 의상이다. 류가가 예쁜 엉덩이를 좌우로 흔들면 동그란 꼬리도 동시에 뿅뿅 흔들린다……. 그 모습은 보름달보다 볼 만한 가치가 있다. 무섭다, 드래곤 힙. 정정, 래빗 힙.

'설마 개인적으로 류가가 이런 코스튬 플레이 쇼를 한다니 학교의 다른 애들은 모두 꿈에도 생각지 못하겠지.'

……히노모리 집안의 수호신·【황룡】이란 본디 남자가 계승하게 되어 있다고 한다. 그러니까 여자아이밖에 태어나지 않았을 때는 계승자를 남자로 키운다고 한다.

그런 어리석은 관습에 류가의 인생은 놀아났다.

그리고 내 인생도 놀아났다.

"있지, 이치로. 그 뒤에 어디 아픈 데는 없어?"

류가의 방에 가서 한바탕 깨를 볶은 뒤.

갑자기 류가가 걱정하는 표정을 지으며 내 얼굴을 들여다보았다. 여전히 책상다리를 한 내 무릎 위에 올라앉은 상태였다만.

"응, 이전이랑 똑같아."

"갑자기 가슴이 답답해지지 않아? 이상한 힘이 넘치지 않아? 몸에서 오라가 나오지 않아?"

류가의 이 문진은 이제는 늘 있는 일과가 되었다.

2주 전. 나는 【마신】 혼돈의 파동을 맞고 그대로 병원에 실려 갔다. 도철 덕분에 무사했지만 사실은 하늘나라로 갔어도 이상하지 않았다.

그런데 멀쩡한 내가 류가는 아직 납득이 가지 않는 거겠지. 이틀 만에 퇴원한 내가 이상해서 견딜 수 없겠지.

그 결과—— 아무래도 그녀는 '혹시 이치로도 이능력자 아냐?'라고 의심하기 시작한 것 같다.

"시오리, 엘, 레이 선배에게 들었어. 이치로, 사도와도 호각으로 싸웠지?"

"아니, 음……."

"간부급을 격퇴했지?"

"그, 그 건에 대해서는 아쉽지만 기억이 나지 않아서……."

제1부의 최종 전투에서 저지른 모든 것을 나는 기억하지

못하는 것으로 했다.

　되도록 류가가 여자란 사실도 '나락의 사도'와 싸우고 있다는 사실도 전부 잊어버린 설정으로 하고 싶었지만……. 거기까지 얼버무리기는 불가능했다. 나는 지금도 그게 원통하다.

　"나, 역시 이치로는 '힘'을 지녔다고 봐. 【마신】의 공격을 받고 아무렇지도 않다니, 예사롭지 않은걸."

　"사, 사실은 맞지 않았던 거 아닐까? 풍압으로 날아갔을 뿐인 거 아닐까?"

　"에에~, 분명히 맞았어어."

　내 무릎 위에서 류가가 볼을 뽀로통하게 부풀린 채 항의한다. 이런 표정의 히노모리 류가는 단둘일 때밖에 볼 수 없다.

　"그때, 정말로 무서웠다구! 이치로가 죽어버리는 줄 알고…… 미성년인데 미망인이라니 말도 안 돼."

　"언제 혼인 신고를 했어."

　태연히 무슨 어마무시한 소리를 하는 거야. 신랑 역할까지 맡을까 보냐.

　네 친구로 돌아가는 걸 나는 아직 포기하지 않았어. 요새 살짝 코스튬 플레이가 즐거워졌어도 희망은 어디까지나 네 '친구 포지션'이라고.

　현재 상태는 애인역이지만. 아니, 최종 보스역이지만.

　"너, 너무해──! 애인끼리는 이런 이야기를 나누는 법이잖아!"

나의 냉담한 대답에 입술을 삐죽이며 불만을 드러내는 메이드 류가.

여기서만 하는 얘기지만, 어째서 이 녀석은 나를 고른 건지 여전히 이해할 수 없다. 잘생긴 남자는 얼마든지 있건만. 도베르만 중에도 나보다 멀끔한 녀석은 많이 있다.

"제대로 약혼자가 되어서! 어서 프러포즈해봐!"

"그, 그렇게 서두르지 마. 우리는 아직 고등학생이고 너한테는 있잖아, 남은 【마신】을 쓰러뜨리는 중대한 사명이……."

"물론 사명도 중요하지만 결혼도 중요한 일이야. 나는 히노모리 가문의 적자로서 반드시 자손을 남겨야 하니까."

"그건 알지만……."

"아기 아빠가 이치로일 가능성도 제로가 아닌걸."

"아기……!"

이따금 이 화제를 꺼내는데 그게 어떤 일인지 너는 알고 있는 건가. 아기를 만들려면 '준비 작업'이란 게 필요하다고!

게다가 태어날 아이는 꺼림칙한 코바야시 가문의 피를 잇는다고! 【마신】의 그릇으로 최고의 물건이라고! 무엇보다 만약 나를 닮아 버리면 전혀 매력적이지 않다고!

"진정해 류가. 나 같은 녀석은 틀림없이 너희 부모님이 인정하지 않을 거야!"

필사로 설득하는 나에게 류가는 "괜찮아"라며 미소 지으며 고개를 저었다.

이렇게 안긴 자세, 슬슬 어떻게 좀 해줄 수 없나. 교실만큼 넓은 실내에서 어째서 딱 붙어 있어야 하는 거야. ……남자 친구 역할이기 때문인가.

　"사실은 요전에 아버지랑 전화로 얘기했어. 【마신】혼돈을 쓰러뜨렸다고 보고하기 위해서."

　"어?"

　류가의 부모는 현재도 중국에서 【마신】에 대해 조사하고 있다고 들었다. 원래 사흉이란 대륙에서 온 존재이며, 류가의 수호신도 마찬가지다.

　그녀의 아버지는 아무리 수행을 해도 【황룡】을 제어하지 못해, 울며 겨자 먹기로 류가를 조기에 계승자로 삼았다고 한다. 어린 딸에게 숙명을 지우는 것은 필시 견디기 힘든 고통이었겠지.

　"그때 이치로 이야기도 했어. '제가 여자인 걸 알아버린 사람이 있다'고. '그 사람과 남몰래 사귀고 있다'고."

　어느새 진짜로 남자 친구로 소개해놓았다.

　"그랬더니 '모든 【마신】을 쓰러뜨리면 고등학교 졸업 후에 혼인 신고를 해도 된다'고 하셨어."

　어느새 히노모리 집안에서 결혼 허가가 떨어져 있었다.

　……큰일 났다. 모르는 사이에 착실히 도망갈 길이 없어지고 있다. 이래서야 최종 보스를 회피하더라도 친구 포지션으로 돌아가기는 상당히 곤란해진다.

　그보다 역시 이 녀석 진심이잖아! 이제 '연인 수행' 같은 수준이 아니잖아! 지금의 나랑 결혼하면 틀림없이 【마신】 도 따라온다고!

"저기, 이치로. 한 가지 물어도 돼?"

얼굴이 굳은 나를 류가가 눈을 치켜뜨고 응시한다.

"이치로는…… 데릴사위가 되어도 괜찮아?"

"그, 그건 별로…… 하지만 아무리 그래도 이건 수행의 영역을 넘어——."

"정말로?! 기뻐! 나도 아버지도 그거 하나가 걱정이었어!"

류가가 내 말을 듣지도 않고 곧바로 꼭 안겼다.

이어서 황당하게도 볼에 쪽 하고 뽀뽀까지 한다.

지나친 반칙 공격에 나는 가위에 눌려 버렸다. 잠깐만 기다려. 카메라 멈춰. 지금 그건 없던 일로 해줘!

"어이, 그만해! 이런 모습을 쿄카가 보면 큰일이야!"

"쿄카는 도서관에 갔으니까 괜찮아. 여름방학 숙제를 빨리 해치울 거래. 점심까지 돌아오지 않을 거야."

"이제 곧 점심이야! 여름방학 첫날이고 분명히 빨리 돌아올 거야! 식탁에서 서먹서먹해져도 난 모른다!"

"에헤헤. '히노모리 이치로'라니, 꽤나 멋진 이름이네."

"누가 히노모리야! 이치로와의 갭을 생각해!"

"아이 이름은 남자아이라면 '히노모리 쇼헤이', 여자아이라면 '히노모리 모토코'가 어떨까?"

"안 돼! 너무 평범한 건 그만둬! 하다못해 '히노모리 아틀라스'나 '히노모리 아테나' 같은 거로 해!"

"에~, 그런 건 싫어."

……그로부터 몇 분 동안 시시덕거린 뒤.

드디어 만족했는지 류가가 나에게서 떨어졌다. 흔히 '영웅은 색을 좋아한다'고 하지만 이 녀석도 상당하다.

'여름방학 첫날부터 이런 상태라면 버틸 수 없어…….'

옹호하는 게 아니라 평소의 류가는 정말로 멋지다. 무시무시한 전투력으로 '나락의 사도'를 쓰러뜨리는 용맹한 모습은 그야말로 히어로 그 자체다.

그런 히노모리 류가야말로 내가 찾던 주인공상이건만…….

"걱정하지 마, 이치로. '나락의 사도'의 움직임에는 잘 주시하고 있으니까. 여름방학 중에도 동네 순찰은 계속할 생각이야."

그제야 류가가 진지한 이야기를 해주었다.

류가의 활약으로 【마신】 혼돈은 쓰러뜨리고 사도들도 대부분이 퇴치했다. 그러나 전멸하지는 않고 여전히 이 동네에는 잔당 몇몇이 숨어 있다고 한다.

사도들은 다음 왕의 부활을 바라며 그릇이 된 인간을 찾고 있다── 내 앞에 전혀 나타나지 않는 것을 보면 매력적인 녀석만 뒤지고 있는지도 모른다.

"아버지 말씀으로는 다른 사흉(四凶)도 이 부근에서 잠들어 있을 가능성이 크대. 한때 내 선조들이 몇 번이고 【마신】을 봉인한 장소…… 그게 이 동네인 모양이니까."

"그, 그래."

"【마신】 혼돈은 마지막에 말했어. '언젠가 다른 세 왕도 부활하리라'고. 나는 반드시 그 모두를 쓰러뜨리겠어……. 히노모리의 숙명을 내 대에서 끝내겠어."

류가의 얼굴이 남자아이가 되었다.

그렇다. 나는 이런 네가 좋다. 그 늠름한 표정, 강력한 눈빛이야말로 본래의 너이다. 메이드 의상 같은 걸 입을 때가 아니야.

"아마도 다음 【마신】은 숨을 죽이고 부활의 때를 기다리겠지……. 대체 어디에 숨어 있지?"

여기에 숨어 있습니다.

"어떤 녀석일까, 다음 【마신】."

상당히 유감스러운 녀석입니다. 다음 【마신】.

"음, 됐어. 그런 생각을 해도 소용없지. 모처럼 이치로랑 있으니까 지금은 연인 수행을 힘내야지!"

유감스럽게도 류가는 금세 여자아이로 돌아와 버렸다. 또다시 내 무릎에 사뿐히 올라와서 일단락 지었다고 생각한 시시덕거리기를 재개한다.

"이치로, 머리 쓰담쓰담해줘."

"이, 이렇게?"

"볼을 콕콕 해줘."

"이, 이렇게?"

"다음은 간질간질 해줘."

"이, 이렇게?"

"아하하하. 간지러워~."

……이만한 스킨십을 매번 하면서도 나는 강철 같은 굳센 의지로 '스스로는 절대로 류가를 만지지 않는다'고 정해 놓았다.

그건 코바야시 이치로의 서브 캐릭터로서의 긍지. 아무리 류가가 끈적거리더라도, 다리 사이가 불끈불끈하더라도 나는 절대로 에로틱한 전개에 흘러가지 않는다. 가슴도 엉덩이도 허벅지도 먼저 터치하지 않는다.

여주인공이란 '신품'이어야 한다.

류가가 '그런 일'이나 '이런 일'을 당하는 건 동인지만으로 충분하다.

3

그로부터 이십 분쯤 뒤.

나는 집으로 돌아오는 쿄카와 교대로 히노모리 저택을 뒤로했다.

류가는 "벌써 돌아가는 거야?"라며 불평했지만, 내일도 온다고 약속하고 간신히 납득시켰다. 아무튼 오늘은 점심 전에 나와야 할 이유가 있었다.

'생각보다 오래 있었어. 벌써 마중이 왔을지도…….'

──어젯밤. 나에게 초대 메시지를 보낸 사람은 사실은 류가만이 아니다.

오늘의 나에게는 아직 만나야 할 상대가 있다. 스케줄이 밀려 있다.

이것도 제1부에서 주제넘게 나선 빚이라고 해야 하나.

류가와 도철 안건 외에도 코바야시 이치로는 몇 가지 귀찮은 일을 떠안고 있다.

돌진해서 집 앞까지 돌아오니 집 앞에 외제 차 한 대가 서 있었다.

이른바 롤스로이스 팬텀이라는 일단 동네에서 본 적 없는 고급 차다. 검은색의 중후한 바디는 매우 위압감이 있고 점멸하는 비상깜빡이마저 대단해 보였다.

……데리러 와주는 건 고맙지만 되도록 좀 더 평범한 차종이었으면 좋겠다.

여기는 히노모리 저택 같은 상류층이 아니라 서민이 검소하게 사는 일반 주택가다. 경차도 있는 곳이다.

'그래도 처음에는 헬리콥터를 보낼 생각이었던 것 같으니까…… 그에 비하면 나은가.'

나는 그렇게 마음을 고쳐먹고 자동차에 다가가 재빠르게 뒷좌석에 탔다.

"코바야시 님. 기다리고 있었습니다."

그와 동시에 운전석의 초로 남성이 몹시 거창한 인사를 한다.

백발이 섞였지만 포마드로 단단히 고정한 두발. 깔끔하

게 정돈한 콧수염. 그리고 오더메이드로 보이는 비싸 보이는 연미복…… 생김새부터 명백히 외국인이지만 말은 무척 유창했다.

"죄송합니다, 세바스찬 씨. 좀 늦었습니다."

"아닙니다. 그럼 가시죠. 시오리 아가씨께서 기다리십니다."

세바스찬은 공손하게 인사하더니 바로 차를 출발했다.

……'세바스찬'이라는 알기 쉬운 그 이름대로 이 기사는 집사. 그것도 세계적인 기업·유키미야 그룹에 이십 년 이상이나 근무한, 가볍게 십 개 국어는 술술 한다는, 뼈대 있는 집사 캐릭터다.

회장의 신임도 두텁고 지금은 그 따님의 시중을 맡고 있다. 이번이 두 번째 만남이지만 언제 봐도 댄디한 사람이다.

'나도 한번이면 되니까 집사를 고용해보고 싶어. 차를 타 주거나 어깨를 주물러주거나…… 바로 얼마 전에 그런 체험을 한 것 같기도 하지만.'

얼마 안 있어 앞쪽이 빨간 신호가 들어와 차가 멈추었다.

조금 전부터 진동을 전혀 느끼지 못한 까닭은 역시 고급 차기 때문일까. 아니면 운전 기술 덕분일까.

"코바야시 님. 오늘 예정은 괜찮으셨습니까? 어딘가에 다녀오신 듯합니다만."

그때 세바스찬이 다시 입을 연다. 나도 이런 중후한 저음 목소리가 되고 싶다.

"괜찮습니다. 이미 볼일은 마치고 왔으니까요."

"갑작스러운 초대라 죄송합니다. 그리고 다시 한번 항상 아가씨와 친하게 지내주셔서 진심으로 감사드립니다."

"나 같은 평민과는 별로 친하게 지내지 않는 편이 좋은 게……."

"아니요. 오메이 고등학교에 입학하시고 나서 아가씨는 실로 생기가 넘치십니다. 이것도 코바야시 님과 히노모리 님 덕분입니다."

유키미야 시오리── 류가에 이어 나에게 초대 메시지를 보낸 두 번째 인물이다.

그녀는 순수한 아가씨일 뿐만 아니라 성적 우수, 용모 단정이라는 학교의 아이돌적 존재다. 내 조사로는 실제로 전교 남학생 다섯 명 중 한 사람이 좋아한다. 그야말로 왕도의 정통파 히로인이다.

……그와 동시에 유키미야는 '나락의 사도'와 싸우는 이능력자이기도 하다.

다시 말해 류가의 '동료 캐릭터'이다. 그녀는 치유의 이능력을 지닌 '축명의 무녀'라 불리는 힐러다.

'여러 의미로 원래 같으면 내가 얽힐 만한 캐릭터가 아니었어…….'

주인공의 연인 후보이며 전투에도 참가하는 유키미야 시오리는 틀림없이 이 이야기의 주요인물이라 할 수 있다.

그에 비해 나는 여자의 스리사이즈 조사에 흠뻑 빠진 주인공의 야한 거 좋아하는 친구…… 아무리 생각해도 하늘과 땅, 물과 기름 같은 존재였다.

하지만 그런 우리의 관계는 서로를 잇는 접점이었던 히노모리 류가 여자였던 것으로 크게 바뀌고 말았다.

이런저런 일이 있던 끝에 현재의 나는.

몹시 본의는 아니다만 유키미야 시오리의 인생 상담을 해주는 '전속 어드바이저'였다.

그로부터 약 삼십 분 후에 목적지에 도착했다.

산기슭과 가까운 자연공원 같은 녹음 우거진 사유지……. 그 광대한 '정원'을 횡단한 끝에 유키미야 가문의 저택이 있다. 저택이라기보다 거의 궁전이었다.

'얼마나 돈이 있으면 이런 토지와 집을 가질 수 있는 거야…….'

히노모리 저택도 대단하다 싶은데 그것을 훨씬 웃도는 부르주아가 있었다. 이것이 대부호인가. 대부호는 트럼프 게임에서만 존재하는 것 아니었나.

"코바야시 님! 기다렸습니다!"

세바스찬에게 안내받아 저택 안으로 들어선 순간.

신이 난 목소리와 함께 내 쪽을 향해 경쾌하게 달려오는 소녀의 모습이 보였다.

허리까지 닿는 긴 머리카락에 품위 있는 청순한 섬머드

레스. 소매가 없기 때문에 어깻죽지부터 손가락까지 아낌없이 드러나 있다. 무릎 아래로 엿보이는 두 다리는 날씬하게 길고, 가늘고, 눈처럼 하얗다.

평소의 교복 차림과 달라서 '아가씨도'가 훨씬 올라갔다. 가슴이 조신한 점만은 유감이지만 그것을 감안하더라도 최상급 미소녀임에 틀림없다.

"여, 유키미야. 오늘은 초대해줘서——."

"그보다 어서 이쪽으로 오세요!"

유키미야는 인사도 대충하고 나를 잡아끌고 간다. 어쩐지 무척 서두르고 있었다.

……유키미야 시오리는 그 몸에 【백호】라는 수호신이 깃들어 있다. 하늘의 사방을 관장하는 성수 중 하나이며, 중앙에 위치하는 류가의 수호신 · 【황룡】을 따르는 가신이라고 한다.

유키미야 집안은 옛날부터 그 수호신을 오래도록 이어받은 핏줄이라고 한다. '축명의 무녀'란 이름처럼 여성밖에 계승할 수 없는 듯하지만.

"아, 저기, 유키미야. 대체 무슨 일이야?"

"됐으니까 따라오세요! 코바야시 님의 어드바이스가 필요합니다!"

내 질문에 갈피를 잡을 수 없는 대답을 하고 유키미야는 성큼성큼 나아간다.

이건 좀 아닌 것 같다. 유키미야는 본디 남자에게 팔을 잡아끌리는 쪽이어야 한다. 그리고 상대의 고압적인 태도에 당황하면서도 볼을 물들이고 청초하게 따라가는…… 그런 캐릭터일 터.

부탁이니까 이론을 잘 지켜주기를 바란다. '됐으니까 따라와'라니 남자 같은 발언은 자중해주길 바란다.

"무슨 볼일인데? 그렇게 서두를 일이야?"

"이제 막 완성된 참이에요!"

"어……."

"식기 전에 드셨으면 해요!"

그 말로 나는 금방 상담 내용을 알아채고 말았다. 그리고 전율했다.

'설마 이 녀석, 뭔가 만든 건가! 그걸 나한테 먹일 작정인가!'

수많은 남학생을 포로로 만든 유키미야 시오리에게는 한 가지 독특한 면이 있다. 그녀는 '요리 솜씨 없음 속성'을 지닌 소녀다.

그 요리는 인간이 아닌 뱀파이어조차 핏기가 가실 정도로 흉악하기 이를 데 없다. 하지만 그녀는 자신의 솜씨를 절대로 의심하지 않는다. 이 속성을 겸비한 녀석은 어째서인지 '먼저 직접 맛을 본다'는 당연한 행위를 하지 않는다. 솜씨가 있다 & 맛있다고 단정 짓고 있는 거다.

"어젯밤부터 부지런히 밑준비를 했어요. 자신작입니다! 그야말로 일류 셰프가 알몸으로 도망칠 정도로!"

"왜 셰프는 알몸이 되어 있는 거야! 세, 세바스찬 씨, 도와주세요! 당신이라면 그녀의 요리의 무시무시함을──."

비명 같은 목소리로 뒤에 있는 집사에게 도움을 요청한다. 그런데.

──없었다.

어느새 그는 연기처럼 자취를 감추었다.

'세바스찬 녀석 도망쳤구나! 제길, 그렇다면 처음부터 나를 제물로……!'

나는 필사적으로 버텼지만, 유키미야는 태연히 나를 끌고 갔다. 어마 무시한 힘이다.

그러고 보니 그녀는 '힘'으로 신체 능력을 강화할 수가 있었다. 치유능력의 본질은 '생명에 활력을 주는' 것……. 그러니까 그러한 응용도 가능하겠지.

"후후, 코바야시 님께서 입맛을 다시는 모습이 눈에 선한 것 같습니다."

"잠깐만! 사실은 나, 벌써 점심을 먹어버렸어! 이런 볼일인 줄 몰랐거든! 미안하지만 배가 잔뜩 불러!"

"괜찮아요. 아직 먹을 수 있습니다."

"네가 판단할 문제가 아니야!"

"가능해요. 한창 자랄 때니까요."

"자라기 전에 죽어버린다니까!"

……살려달라는 탄원도 허무하게 나는 식당임 직한 넓은 방으로 연행되었다.

거대한 직사각형 테이블이 중앙에 떡하니 놓여 있는 서양식 저택에 있을 법한 방이다. 식탁을 둘러싼 의자를 세어보니 열여섯 개나 된다.

"코바야시 님, 자 어서요! 보르쉬입니다!"

그 물체는 의자에 강제로 앉혀진 내 앞에 이미 놓여 있었다.

한눈에 고가인 걸 알 수 있는 접시에 한눈에 위험한 걸 알 수 있는 독즙이 가득했다. 덤으로 꺼림칙한 독한 연기가 피어오르고 있다.

'보르쉬는 아마 빨간색이었지? 빨간 비트를 끓인 수프니까…….'

그런데 눈앞에 있는 수프는 일곱 가지 색을 띠었다. 좋게 말하면 무지개 같고, 나쁘게 말하면 공장폐수 같았다.

——이걸 먹으라는 건가? 몸 안에 집어넣으라는 건가?

"자, 어서 드세요! 그리고 감상을 부탁드려요!"

반짝반짝 눈동자를 빛내며 유키미야가 나를 재촉한다. 천사 같은 악마의 미소였다.

'이제 도망치기는 불가능해. 각오하는 수밖에 없어.'

떨리는 손으로 스푼을 쥐고 그 보르쉬…… 아니, 폭류사지(暴留死至)를 뜬다. 이상하게 기름지고 자극적인 냄새가 코를 강하게 자극했다.

'만약 이걸로 죽는다면 유키미야는 제2부의 MVP로군. 최종 보스를 쓰러뜨렸으니까…….'

그런 생각을 하면서 눈을 딱 감고 스푼을 입에 넣었다.

……맛없다거나 쓰다고 하기 전에 아팠다.

입안이 찌릿찌릿 저리고 혀가 꿈틀꿈틀 뒤틀린다. 게다가 콩인 듯한 재료는 단단하고 딱딱해서 아무리 씹어도 씹히지 않는다. 명백히 내 치아보다 더 딱딱했다.

"코바야시 님, 어떠세요?"

가슴 앞에 양손을 모으며 유키미야가 묻는다.

"사실은 소금 양을 한 스푼 정도 틀린 것 같아요."

그런 차원의 문제가 아니지만 솔직한 감상 따위 전할 수 없었다. '이건 요리가 아니야, 폐수다'라는 말은 할 수 없었다.

유키미야는 히로인 후보이며 이 이야기의 메인 캐릭터다. 이미 전자 포지션은 파탄나버렸지만 그래도 류가와 가까운 존재임에 틀림없다.

여기서 유키미야와의 관계가 어색해지는 건 상당히 곤란하다. 언젠가 내가 '친구 캐릭터'로 돌아왔을 때를 위해서도 화근은 남기고 싶지 않았다.

"혹시…… 맛이 없습니까?"

불안한 듯 눈썹을 내려뜨린 그녀에게 나는 허둥지둥 고개를 가로저었다.

"아, 아니, 맛이 없지는 않아. 그렇지, 소금을 한 숟가락 더 넣으면 완벽했겠네."

"아아, 역시나."

역시가 아니라고 생각하면서 자포자기로 몇 번이나 수프를 먹어본다. 다행히도 입안의 감각은 이미 없었다.

참고로 콩은 아직 이빨이 부수지 못했다. 말 그대로 이가 안 박힌다.

"응, 하지만 나쁘지 않아. 많이 늘었네, 유키미야."

"넵. 괜찮으시면 한 접시 더 드세요!"

괜찮지 않다. 전혀 괜찮지 않다.

아무튼 그녀를 슬프게 하지 않기 위해 이 한 그릇만이라도 다 비워야 한다고 근성을 발휘해 스푼을 움직인다. 콩은 씹기를 단념하고 삼키는 수밖에 없었다.

……그러자 접시 안에서 새로운 자객이 나타났다.

얇고 네모난 어묵 같은 재료다. 스푼으로 뜨자 이 또한 단단하고 딱딱했다. 게다가 제법 묵직했다.

아무리 그래도 이건 씹을 수 없다. 그래서 나는 마음 단단히 먹고 콩과 어묵의 정체를 물어보기로 했다.

"저기, 유키미야. 질문해도 돼?"

"예. 뭐든지요."

"이 딱딱한 콩 말인데…… 무슨 식재료야? 과일 종류인가?"

"진주를 넣어봤습니다."

"너 바보냐!"

온건히 끝내려 했건만 참지 못하고 질책해버렸다.

"식재료고 뭐고 아니잖아! 열 개쯤 먹어버렸잖아!"

"다이아몬드와 루비, 사파이어도 들어 있습니다."

"웃기지 마! 틀림없이 내일 나는 세상에서 가장 고저스한 똥을 쌀 거야!"

"어머 코바야시 님도 참. 식사 중에 못써요."

"그리고 이 네모난 건 뭐야? 이 딱딱한 어묵은!"

"그건 제 스마트폰이네요."

"더는 영문을 모르겠어!"

"어쩐지 어제부터 보이지 않는다 했더니……. 아마도 요리하다 들어갔겠군요."

그렇게 말하고 에헷, 하고 혀를 내미는 유키미야.

안다, 때리면 안 된다. 전 · 히로인 후보를. 메인 캐릭터를.

"하지만 안심하세요. 내열성이니까."

"스마트폰 걱정 따위 하지 마!"

"숨겨진 맛으로 치시죠."

"조금도 숨어 있지 않아! 어이, 게다가 전화가 왔다고!"

스푼 위에서 갑자기 스마트폰이 드르르르 진동했다. 착신음은 베토벤의 '엘리제를 위하여'였다.

밤새 줄곧 끓였는데…… 확실히 대단한 내열성이다.

"이 착신음은 아버지 친구분일까. 가족 단위로 교류하는 상대가 몇 명인가 계셔서."

"됐으니까 빨리 받아!"

"음…… 아아, 미국의 게이츠 씨네요. 무시하죠."

"게이츠 씨를 무시하지 마!"

……결국 나는 폭류사지를 두 그릇이나 해치우고 다시 세바스찬이 집까지 바래다주었다.

뒷좌석에 푹 퍼져 누운 나를 그는 백미러 너머로 몇 번이나 흘끔흘끔 보았다.

무척 면목 없어 하는 눈길이었다.

4

나는 한 시간쯤 휴식을 취하고 다시 집을 나와 다음 용무로 향했다.

오늘의 예정은 아직 끝나지 않았다. 나에게 초대 메시지를 보낸 사람은 류가와 유키미야만이 아니다.

'아직 두통과 구역질이 남아 있지만 늦을 수야 없지.'

──이번 상대는 아오가사키 레이. 시간에 엄격한 사람이다.

그녀 또한 류가의 '동료 캐릭터'이며, 【청룡】의 수호신이 깃든 이능력자. 큰 키에 야무지고 늠름한 사무라이처럼 스토익한 여검사다.

주요 인물로는 유일한 3학년인 만큼 몸매가 발군이다. 특필할 만한 점은 풍만하게 달린 대단히 큰 가슴이다. 그녀가 검을 붕붕 휘두를 때마다 가슴도 출렁출렁 흔들리는 모습은 그야말로 압권이라 할 수 있다.

'유키미야가 남학생의 동경이라면 아오가사키는 여학생

의 동경…… 그녀도 원래 같으면 내가 깊게 관여할 캐릭터가 아니었다.'

하지만 그런 우리의 관계는 서로를 잇는 접점이었던 히노모리 류가가 여자였던 것으로 역시나 바뀌고 말았다.

이런저런 일이 있던 끝에 현재의 나는.

몹시 본의는 아니다만 아오가사키 레이의 '전속 코디네이터'였다.

"──왔나, 코바야시."

히노모리 저택보다 나으면 낫지 못하지 않은 내공이 느껴지는 으리으리한 저택에 도착하자마자.

문 앞에서 기다리던 아오가사키가 새침한 얼굴로 나에게 그렇게 말했다. 일부러 마중을 나온 것은 송구하지만, 우뚝 선 모습은 사찰의 금강역사상 같았다.

여름방학이 되었는데 오늘도 단정하게 교복을 입었다. 이쪽을 바라보는 눈꼬리가 긴 두 눈은 여전히 움찔할 정도로 날카로웠다.

"늦지 않게 도착한 점은 칭찬해두지. 그런데 뭐지, 그 죽을 것 같은 낯빛. 안 좋은 것이라도 먹었나?"

"주얼리한 폐수를 좀……."

"폐수? 됐다, 따라와 코바야시."

그 이상 따지지 않고 아오가사키가 발길을 돌렸다. 동시에 포니테일로 묶은 긴 머리카락이 찰랑였다.

그대로 그녀를 따라서 정원을 지나 저택으로 들어간다. 안내받은 곳은 그녀의 방이 아니라 별채에 있는 넓은 도장이었다.

아오가사키의 집은 삼백 년의 역사를 지닌 유서 깊은 검술도장이다. 그녀는 어릴 적부터 후계자로서 엄격한 단련을 하며, 지금은 여고생이면서 모든 기술을 통달한 검술 실력을 가지고 있다.

그 검술 솜씨는 귀신같이 빠르고 화려하다. 진공을 두른 목도로 뭐든 베어 버린다고 하여 붙은 별명은 '참무의 검사'―― 이런 대단한 기술은 자고이래로 아오가사키 가문에 전해지는 수호신·【청룡】의 가호 때문인지도 모르겠다.

"오늘은 마침 문하생들이 오지 않는 날이라서 말이지. 집안사람들도 내보냈으니 그렇게 굳어 있을 필요는 없다."

차가운 보리차를 내주면서 아오가사키는 미소 짓는다.

……그건 다시 말해, 의역하자면 '오늘은 엄마랑 아빠도 안 계셔. 집 안에 코바야시 군이랑 단둘뿐이야'라는 뜻이다.

본래라면 '굳어 있지 마'라는 말을 들어도 일부분이 멋대로 딱딱해질 장면이다만……. 유감이지만 전혀 그럴 마음은 들지 않았다.

방에서 여자아이와 단둘의 상황에는 류가로 익숙해졌다. 그리고 무엇보다 나는 안다.

앞으로 무엇이 시작될지를. 내가 어째서 불려왔는지를.

"그럼 잠깐만 기다려줘. 준비하고 올게."

아오가사키는 그렇게 말하고 서둘러 나간다.

그 뒷모습을 지켜보면서 나는 일단 보리차를 단숨에 마셨다.

물이라면 집에서 1리터쯤 마셨지만, 아직 입안이 얼얼했다. 과연 유키미야의 요리…… 뒷맛이 나쁘기도 세계 제일이다.

'하아. 오늘은 이제 돌아가서 자고 싶다.'

속으로 그렇게 투덜거리고 한숨을 푹 쉰다.

아니—— 자리에 누울 틈은 없다. 지금의 나에게는 '도철을 처분한다'는 여름방학의 숙제보다 중요한 급무가 부여되어 있다.

그 【마신】이 깃들어 있는 한, 나는 마음 놓고 밤에도 잘수 없다. 야간경기 중계가 있는 날은 보고 싶은 방송도 볼 수 없다.

덧붙여 당사자인 도철은 아침부터 조용했다. 아무래도 【마신】이란 건 하루의 절반 이상은 숙주 안에서 잠들어 있는 듯하다. 고양이 같은 놈들이다.

'동물체험관에서 거둬주지 않을까? 아니 안 된다, 그 녀석은 내 얼굴을 하고 있고…….'

고민에 빠졌는데 얼마 지나지 않아 아오가사키가 돌아오는 기척이 났다.

"기다리게 했군, 코바야시."

다시 등장한 그녀가 경쾌한 발걸음으로 이쪽을 향해온다.

이른바 모델 워킹이었다.

아오가사키는 이윽고 내 눈앞까지 오더니 걸음을 멈추었다. 이어서 그녀는 그 자리에서 빙그르르 한 바퀴 돌고 한 손을 허리에 대고 포즈를 취했다.

'엄숙한 도장에서 뭐 하는 거야, 이 사람은……'

아오가사키는 교복을 갈아입고 완전히 다른 사람 같은 차림이었다.

순백의 실크블라우스에 핑크 플레어스커트. 블루 스트라이프 스카프를 목에 감고 머리핀으로 비녀를 썼다. 잘 보니 매니큐어만이 아니라 페디큐어까지 칠했다.

"어때 코바야시. 끝내주지!"

아오가사키가 무척 의기양양한 얼굴을 하고 의기양양한 목소리로 외친다. 콧김이 여기까지 들리는 것 같았다.

당연히 끝내준다.

이 옷은 내가 코디네이트했으니까. 기말고사 중임에도 불구하고 쇼핑하는 데 하루를 꼬박 함께했으니까.

"멋지지! 귀엽지! 두근두근하지!"

"예, 뭐……"

"이 비녀, 사길 잘했어. 역시 코바야시의 센스는 훌륭하군!"

"사실은 최근에 은밀히 유행하고 있어요."

비녀는 나도 자신감 있게 추천했다. 일부러 그녀의 캐릭터를 살려 일본적인 아이템을 도입한다……. 판단은 역시

옳았다.

"상정한 예산보다 삼천 엔이나 싸게 이만한 쇼핑이 가능할 줄이야……. 덕분에 새로운 연습복을 살 수 있을 것 같다."

"그쪽을 우선해야 하는 건……."

──고풍스럽고 스토익한 여검사·아오가사키 레이에게는 사실은 이런 숨겨진 모습이 있다.

그녀는 유행에, 특히나 패션에 민감한 전형적인 최신 유행파 소녀이다. 류가와는 또 다른 의미로 '옷 갈아입기 쇼'를 무척 좋아하는 인간이다.

엉뚱한 일로 그 사실을 알아버린 데다 어째서인지 센스를 높이 평가받아 나는 이런 상태가 되었다. 히로인들 개개인과 각자에게 비밀로 밀회하고 있다.

"코바야시에 비하면 나는 아직 패션에 약해. 좀 더 연구해야지."

부탁이니까 검을 연구해주세요.

"앞으로도 꼭, 내 새로운 문을 열어줘."

그 문, 되도록 계속 닫아두세요.

……그 뒤로 한동안 무릎을 맞대고 패션 이야기를 하는데.

"그건 그렇고 코바야시. 다시 확인해두고 싶은데."

아오가사키가 무척 진지한 얼굴로 자세를 바로 했다.

그 표정은 어느새 검사의 모습으로 돌아왔다. 일찍이 쉰 구의 이형 괴물을 잠재운 최종 전투 때의 그녀처럼.

"확인이라는 건 다른 게 아니다. 지난 【마신】 혼돈과 싸울 때 일이다. 그때의 기억이 없는 코바야시에게 물어도 의미는 없을지도 모르지만……."

"뭐, 뭘까요."

"혼돈과의 결전 직전에 나는 여사도 한 명과 싸웠다. '미온'이라는 아주 버거운 적이었다."

미온—— 그 녀석은 '나락의 삼 공주'라던 간부급 사도다.

나는 이전에 자신이 누구인지를 알고 싶어서 적과 남몰래 접촉한 적이 있었다. 그리고 결과적으로 만난 여사도와 안면을 트고 말았다. 그것이 미온이다.

아오가사키는 최종 전투에서 미온과 일대일로 싸웠다. 하지만 승패는 결정짓지 못했다. 내가 개입해서 흐지부지되어 버렸다.

변명하려는 건 아니지만, 그 행동은 아오가사키를 잃지 않기 위함이었다. 한편으로 미온을 죽지 않게 하기 위함이기도 했지만.

"어때 코바야시. 역시 아무것도 기억나지 않나?"

눈동자가 흔들리는 나에게 아오가사키가 몸을 쑥 내밀었다. 미인인 만큼 오히려 박력이 있었다.

'그야 사도와 면식이 있다면 신경 쓰이겠지…….'

당연하지만 나는 시치미를 떼기로 했다.

아는 사이라고 해도 실제로 미온과는 깊은 관계가 아니다. 고작해야 미온이 무릎베개와 귀 청소를 해준 정도다. 그리고 팬티를 본 정도다.

"죄, 죄송합니다, 아오가사키 선배. 그날 일은 몇 번이나 떠올리려 했지만……. 아침부터 기억이 완전히 사라져서."

아오가사키가 팔짱을 끼고 "흠……" 하고 신음한다.

아무래도 그녀는 미온을 놓친 것을, 결말을 내지 못한 것을, 줄곧 신경 쓰는 것 같았다. 역시 이 사람의 본질은 검사인 것이다.

"그 여자 사도는 언젠가 다시 코바야시 앞에 나타날 가능성이 있어. 내버려 두면 위험해."

"기억이 없는 내가 말하는 것도 좀 그렇지만…… 그 미온이란 사도는 그렇게까지 집착하지 않아도 되지 않을까요?"

"어째서지?"

"아니, 그게…… 미온은 나를 보고 도망쳤죠? 특별히 위해를 가한 건 아니죠? 어쩌면 지금까지의 사도와는 조금 다른 녀석이려나? 싶어서……."

이건 진심이었다. 그 여자 사도에게는 뭐랄까 '인간미' 같은 것을 느꼈다.

처음 만났을 때는 나를 죽이려 했고, 흉악하다면 흉악하겠지만 반면 무척 살뜰하게 남을 챙기던 녀석이기도 했다. 내 불평에도 밤늦게까지 줄곧 함께해주었다.

"코바야시. 나는 솔직히 네 안목은 한 수 위에 두고 있어. 하지만 아무리 그래도 그건……."

"물론 단순한 억측이에요. 그저 어쩐지 대화 가능한 상대가 아닐까? 싶더라고요."

"나랑 신나서 싸우는 것처럼 보였다만."

"사도이니까 전투 자체는 좋아하겠죠. 분명히 그럴 거예요."

"사도와 서로 이해하는 일이 과연 가능할까."

아오가사키가 자신의 턱을 잡으며 다시 신음했다.

……이렇게 된 이상 내가 최종 보스인 동안에 미온을 찾아야 할지도 모르겠다. 그리고 【마신】 명령으로 나쁜 짓은 삼가도록 통지해야겠다.

적의 간부급에는 일반인을 공격하는 것보다 주인공들의 타도에 고집하는 타입이 한 사람은 있는 법이다. 미온이 꼭 그 입장이 되어주기를 바란다. 아오가사키와 '운명의 라이벌 관계'를 구축해주기를 바란다.

그런 사이드 드라마는 이야기에 두께를 준다. 잘하면 통째로 한 권을 그 에피소드로 넘길 수도 있고——.

"그, 그런데 코바야시. 한 가지 더 확인해도 되겠어?"

그런 나의 사고는 아오가사키의 한마디로 중단되었다.

"이건 어디까지나 참고를 위해 묻겠는데. 딱히 깊은 의미는 없다만."

"예, 예."

다음은 무엇을 추궁당할까 전전긍긍하며 대비했다.

무슨 영문인지 이번에는 아오가사키의 동공이 흔들렸다. 자꾸 안절부절못하며 나를 흘끔흘끔 살핀다.

그런 거동불신을 십 초쯤 계속한 뒤. 마침내 그녀는 조심스럽게 그러나 단도직입적으로 물어왔다.

"너는―― 연상은 좋아하나?"

"네?"

질문의 의미를 이해하지 못하겠다.

바라보니 아오가사키의 얼굴이 이상하게 붉어졌다. 이마에 옅게 땀까지 맺혔다. 목의 스카프를 너무 꽉 묶은 거 아닐까.

"그건 교제 상대로 말입니까?"

"으, 음. 뭐 그렇지."

"특별히 나이는 관계없는데요."

"흐, 흐응. 그런가. 흐응."

아오가사키의 거동불신이 점점 가속화된다. 귓가의 귀밑머리를 손가락으로 빙글빙글 만지작거리며 서투른 휘파람까지 분다. 소리가 거의 나지 않았다.

"아니, 갑자기 미안하군. 정말로 깊은 뜻은 없어. 다만……."

"다만?"

"최근에 자주 생각한다. 류가에게는 나보다 시오리나 엘미라나 리나 쪽이 어울리지 않을까……."

"…………."

"나에게는 그게, 좀 더 취미가 맞는 사람이 좋지 않을까…… 노, 농담이야 농담! 지금 한 얘기 없었던 걸로 해!"

거기까지 말하고 갑자기 아오가사키가 벌떡 일어났다.

이어서 찰싹찰싹 자신의 양 볼을 때리고 머리를 획획 좌우로 젓는다.

"조, 좋아, 오늘은 이걸로 끝이다! 나는 연습하러 돌아가겠다!"

"네? 저기 아오가사키 선배."

"또 조만간 연락하마! 다, 다음에는 쇼핑만이 아니라 런치와 디너도 함께 해야 해! 알겠지!"

……이러쿵저러쿵해서 나는 눈 깜짝할 사이에 저택에서 쫓겨나 버렸다.

문 앞에 덩그러니 남겨져 한동안 이러지도 저러지도 못했다. 그녀가 무슨 말이 하고 싶었는지는 이미 마음속에서 어렴풋이 눈치채고 있었다.

'혹시 나는 대시 받은 건가? 아오가사키 안에서 나는 류가보다도 특별한 존재가 되고 있는 건가?'

히로인들 안에서도 특히나 불길한 플래그 같은 느낌이 든다. 하지만 그래도 해방된 건 고맙다. 어차피 이제 십 분쯤 뒤에 물러날 작정이었으니까.

오늘의 나에게는 아직 만나야 할 상대가 있다. 초대 메시지를 보낸 마지막 한 사람이 남아 있다.

다시 말해 나는 어젯밤에 모두 네 명에게 호출을 받았다.

어째 인기 연예인 같은 바쁨이었다.

5

"기다렸어요. 코바야시 이치로."

슬슬 오후 세 시가 지나려 할 무렵.

나는 모교인 오메이 고등학교를 찾아가 자신의 교실에 발을 디딘 참이었다.

여름방학이라 학교에 온 사람은 부활동이 있는 일부 학생뿐이다. 당연하지만 교실에 누가 있을 리가 없고…… 그렇기에 그녀는 이곳을 만남의 장소로 골랐으리라.

"일본의 여름은 더워서 곤란해요. 매미의 샤우팅도 거세고."

잡담 같은 말을 하면서 밀회 상대는 어깨를 살짝 으쓱했다.

흠잡을 데 없이 단정한 서양 인형 같은 미모. 가냘프지만 여성적인 곡선을 띤 탄력 있는 팔다리. 그리고 불타는 것처럼 빨간 미디엄롱 헤어.

어딘지 모르게 고귀한 분위기를 풍기지만 한편으로 통속적인 애교도 겸비하고 있다. 그야말로 신비로움을 그림으로 그린 듯한 소녀였다.

"그건 그렇고 당신, 안색이 상당히 좋지 않네요. 무슨 일 있었어요?"

"딱히 별일 없었어. 가벼운 식중독이야."

"조심하세요. 이 계절에는 음식이 쉽게 상해요."

교탁 위에 발을 꼬고 앉아서 소녀가 호호호 하고 우아하

게 웃었다. 예의가 바른 건지 나쁜 건지 확실히 해주기를
바란다.

……그녀의 이름은 엘미라 매카트니. 1학기 초에 나와
류가가 있는 반으로 전학 온 동유럽 출신 외국인이다.

그러나 그건 가짜 모습. 엘미라의 정체는 '상암의 혈족'
이라 불리는 뱀파이어다. 덤으로 【주작】의 수호신이 몸에
깃들어 있는 류가의 '동료 캐릭터'이기도 하다.

그 이능력은 불꽃을 자유자재로 조종하는 것. 머리카락
이 새빨간 것도 그 때문일까. 제 머리이므로 선생님들도
주의할 수 없다고 한다.

"그럼 바로 용건으로 들어가도 괜찮으시겠지요? 벌써
배가 등에 붙었어요."

교탁에서 소리도 없이 내려와 엘미라가 까딱까딱 손짓
한다.

나는 하는 수 없이 손짓에 따르면서 셔츠의 단추를 위에
서 세 개쯤 푼다.

에티켓으로 데오도란트 스프레이라도 뿌리고 오고 싶었
지만 그녀는 그것을 싫어한다. "첨가물은 필요 없다"면서.

"자 코바야시 이치로, 그쪽에 앉아요."

가까운 자리에 나를 앉히고 엘미라가 뒤로 돌아온다. 보
드라운 손끝이 뺨을 살며시 어루만져 나도 모르게 움찔하
고 온몸으로 반응하고 말았다.

"우후후. 이제 와 긴장할 것도 없겠죠?"

"돼, 됐으니까 얼른 해줘."

……인기척 없는 교실에서 몰래 만나 딱 달라붙어 있는 남녀. 옆에서 보면 이제부터 야한 짓이라도 할 줄 알겠지.

하지만 앞으로 시작되는 건 '식사'다. 정확히 말하면 '에너지 보급'이다.

흡혈귀인 엘미라 매카트니는 혈액을 불꽃으로 바꿀 수 있다. 그러나 그러기 위한 흡혈 행위를 그녀는 류가에게 금지당했다. 빨아도 되는 건 류가의 피뿐…… 그렇게 약속되어 있었다.

그런데 어째서 내가 이런 일을 하고 있는 거지?

류가에게 비밀로 남몰래 피를 주고 있는 거지?

──대답은 간단하다. 내 피가 맛있기 때문이다. 한번 우연히 빤 이후로 그녀가 완전히 중독된 탓이다.

그런 이유로 현재의 나는…… 몹시 본의는 아니다만 엘미라 매카트니의 '전속 도너'였다. 정기적인 헌혈에 협력하고 있다.

"아아…… 애타게 기다렸어요. 열흘이나 참았답니다? 어제부터 금단증상으로 손이 부들부들 떨렸어요."

"내 피에 무슨 위험한 성분이라도 들어 있는 건가."

"후후, 그럴지도 모르겠네요."

달콤한 속삭임이 한숨과 함께 귓가를 간지럽힌다. 어느새 엘미라는 뒤에서 나를 꽉 끌어안고 있었다. 등에 물컹하고 닿는 두 개의 감촉은…… 다 말할 필요도 없겠지.

'이런 장면을 누군가에게 들킨다면 난리가 나겠지.'

특히 류가에게 들켰다가는 그냥 넘어가지 않을 것이다. 자신을 광탄으로 바꾸어 폭격, 통칭 '드래곤 팡(내가 지음)'을 먹기 십상이다.

"코바야시 이치로, 좀 더 어깨에 힘을 빼세요. 눈을 감고 천천히 호흡해요……. 자, 히히후."

"라마즈 호흡법이잖아. 그보다 사람 눈에 띄지 않는 곳은 교실 말고도 있잖아."

"학교라면 바로 보건실로 직행할 수 있죠?"

말하자마자 엘미라가 내 목덜미를 덥석 문다.

잠깐만 따끔하고, 그녀의 혀가 기는 간지러운 감각으로 바뀐다. 쥐 죽은 듯이 고요한 교실에 잠시 춥춥 수상한 소리만이 이어진다.

매번 있는 일이지만 수상스럽기 짝이 없다.

그리고 매번 있는 일이지만 빈혈로 점점 시야가 깜빡깜빡한다.

"저기, 엘미라. 슬슬……."

"아직이에요."

"이제 그쯤에서……."

"아직이에요. 오늘은 끝까지 마시죠."

"그 선술집 감각 집어치워! 너밖에 마시지 않잖아!"

"조용히 하세요. 사람이 와요. ……쩝쩝."

"어이! 뭘 먹고 있어!"

"마른오징어요. 당신 피랑 잘 어울려요."

"네가 아저씨냐!"

……결국 엘미라가 떨어진 것은 그로부터 삼 분 뒤였다.

만족한 듯이 손수건으로 입가를 닦는 그녀를 나는 바닥에 쓰러지면서 몽롱하게 올려다보았다. 한여름인데 이상하게 으슬으슬했다.

"후우. 잘 먹었습니다."

"2초만 더 빨렸으면…… 진짜로 죽었어……."

"호들갑이 심하네요."

"너…… 제2부의 MVP가 됐을 거야……."

"무슨 말씀이세요? 그런데 코바야시 이치로."

내 말을 무시하고 엘미라가 화제를 바꾼다. 간호해줄 마음 따위 손톱만큼도 없는 것 같다.

"당신에게는 말씀드리지 않았지만 사실은 저…… 소설을 쓰기 시작했어요."

"소설?"

이 녀석에게 그런 취미가 있는 줄은 몰랐다. 의외로 크리에이티브한 흡혈귀다.

그래도 아오가사키처럼 최종 전투에서 있었던 일을 따지지 않으니 다행이라 하겠다. 지금은 말장구나 쳐두자. 그리고 얼른 보건실에서 쉬자.

"그거, 어떤 소설이야?"

"후후, 듣고 싶어요? 좋아요, 특별히 가르쳐드리죠."

거드름을 피우듯이 크흠 하고 기침을 한 번 하는 엘미라. 아무리 봐도 얘기하고 싶어서 좀이 쑤셨던 것 같다.

"친구인 류야와 지로가 금단의 사랑에 빠지는 이야기예요."

"류야와 지로⋯⋯."

그 모델이 누구와 누구인지는 생각할 것도 없다. 이름으로 벌써 훤하다.

"점점 서로 끌리는 두 사람. 가로막는 갖가지 장벽. 그리고 이윽고 밝혀지는 전세의 인과⋯⋯. 그런 아름답고도 격렬한, 장대한 순애 스토리예요."

"하지만 남자끼리잖아?"

"뭐가 문제지요?"

엘미라가 점점 부녀자가 되어간다. 류가의 정체를 안다면 무척 실망하겠지.

"이 학교의 문예부에는 많은 동호인이 있어요. 오늘은 그 활동일이에요."

"장소를 학교로 한 거, 네 사정 때문이었냐!"

바닥에 누운 채 나는 비난의 소리를 지른다. 몸을 일으킬 여력은 없었다.

"제 작품, 아주 인기예요."

"한 가지만 묻겠다! 지로는 어느 쪽 담당이야! 설마⋯⋯ 박히는 쪽인가?!"

"박히는 쪽이에요."

"박히는 쪽이냐!"

"아주 완전히 박혀요. 류가에게."

"류야겠지!"

"오열해요. 이치로는."

"지로다, 지로! 그야 울겠지 나라도!"

그 뒤.

엘미라가 의기양양 문예부로 향해 버렸기 때문에 나는 민달팽이처럼 기어서 자력으로 보건실에 도착했다. 십오 분이나 걸렸다.

설 수 있게 되었을 무렵에는 이미 날이 저물었다.

6

나는 휘청거리면서 집으로 돌아와 그대로 거실에 풀썩 쓰러졌다.

시각은 이미 밤 8시 전. 중도의 빈혈에 더해 낮에 먹은 폐수가 복통을 일으켜 편의점 화장실을 전전하며 돌아온 탓이다.

……기나긴 하루였다. 오늘만으로 열흘 치 기력과 체력을 쓴 것 같다. 다음부터는 일정을 확실히 조절해야겠다.

'저녁밥은 거르자. 컵라면에 물 부을 기운도 없어……'

털썩 엎드려서 그런 생각을 하고 있자니.

느닷없이 내 얼굴을 쓱 들여다보는 녀석이 있었다. 늘

보아 익숙한 크게 특징 없는 자신과 완전히 똑같은 용모…… 도철이다.

기특하게도 내 명령을 지키고, 집에 도착할 때까지 나오는 것을 참고 있었던 모양이다. 참으로 성실한 【마신】이다.

"나리, 상당히 피곤하신 것 같네요."

"이런저런 일이 있었어……."

"대강은 파악했습죠. 잠깐씩 일어나 있었거든요. 야아~, 나리는 인기인이군요."

"이 페이스라면 올여름 안에 힘이 다해버릴 거야……."

"매미 같군요. 잠깐만 기다리세요. 오차즈케 정도면 먹을 수 있습죠?"

도철이 태평하게 웃으며 부엌으로 사라진다.

얼마 안 있어 차려 온 오차즈케는 즉석에서 만들었지만 상당히 맛있었다. 정성스럽게 푼 자반연어에 은은하게 향기가 퍼지는 고추냉이의 풍미…… 유키미야보다 훨씬 요리를 잘한다.

"후우. 덕분에 조금 살아났어."

"건강에는 주의하세요. 나리가 죽으면 저도 곤란하다구요."

도철이 걱정하는 것도 무리가 아니다. 빙의체가 없으면 【마신】은 이 세상에 존재할 수 없기 때문이다.

만약 내가 죽으면 도철은 또 숙주를 찾아야 한다. 하지만 【마신】의 그릇으로 견딜 수 있는 인간은 극히 적다…….

대부분의 사람은 썬 순간에 죽어버린다고 한다.

참고로 【마신】은 멋대로 '이사'할 수 있는 건 아닌 듯하다. 숙주를 바꾸기 위한 그들 나름의 조건이 있다고 한다.

──깃든 그릇이 죽어버리는 것.

──지금의 숙주가 살아 있다면 그 본인에게 '이사' 허락을 받을 것.

그중 하나를 만족해야 비로소 숙주를 바꿀 수 있는 듯하지만…… 솔직히 대단한 조건은 아니라고 생각한다.

전자는 당연한 일이고, 후자라면 허락하지 않을 인간 따위 있을 리가 없다. 오히려 새로운 숙주의 허가를 받는 편이 몇 배나 큰일이겠지.

'나도 이 녀석이 떠나는 허락이라면 얼마든지 한다. 금일봉까지 줄 수 있을 정도다.'

순회 서커스단에서 거둬주지 않을까…… 따위 생각을 할 때.

테이블 대각선 맞은편에 앉은 도철이 차를 홀짝이면서 말했다.

"그건 그렇고…… 현세의 【백호】, 【청룡】, 【주작】은 이 녀석이고 저 녀석이고 우수한 그릇들 같더군요."

"어?"

"특히 【황룡】의 그릇은 지금까지 중에 으뜸가는 거물일지도 모릅니다. 혼돈이 당해낼 리가 없습죠."

……그 말에 나는 순식간에 온몸에 긴장감이 흘렀다.

혹시 이 녀석은 오늘 하루 내 안에 숨어서 적을 관찰한 건가? 어떤 성격에 무엇이 약점인지를 줄곧 찾고 있었던 건가?

그렇다면 나는 도철의 꿍꿍이에 협력한 것이 된다. 각 메인 캐릭터를 한 사람씩 개인적인 부분까지 자세히 소개한 것이 된다.

"너—— 설마 할 작정이야."

머뭇머뭇 물어보니 【마신】은 "예입?" 하고 덜떨어진 대답을 했다.

"한다니 뭘요?"

"곧 내 의식을 빼앗아 류가를 공격할 생각이야? 세계를 멸망시키기 위해……."

내 질문을 받고 도철이 자세를 바로잡는다. 나를 응시하는 그 얼굴이 여느 때와 달리 진지했다. 평소에는 얼빠진 캐릭터인데 역시 이 녀석도 【마신】이라 이건가.

"그거 말인뎁쇼, 나리. 이제 저는 그런 장난꾸러기는 졸업하겠습니다."

"응?"

예상 밖의 한 마디에 이번에는 내가 덜떨어진 대답을 하고 말았다.

"……뭐라고?"

"싸우지는 않아요. 인간한테도 손대지 않겠습니다."

그건 가만히 듣고 넘어갈 수 없다. 그야 나도 최종 보스는 사양이지만 도철은 나랑 처지가 다르다. 왜냐면 이 녀석은 【마신】인걸.

"이유는 두 가지. 하나는 저는 아마 나리의 의식을 빼앗지는 못할 겁니다."

"왜! 혼돈은 쿄카를 지배했어! 쿄카가 좀 저항했지만!"

"일장일단이란 것입죠. 아시다시피 저희가 깃드는 인간에게는 '그릇으로서의 소질'을 빼놓을 수 없는데……. 그런 인간은 자칫 저항력도 있는 법입죠. 혼돈 녀석도 히노모리 쿄카에게는 애를 먹었죠?"

그러고 보니 혼돈이 부활하기 직전에 쿄카가 열이 나서 몸져누운 적이 있다. 쿄카는 줄곧 【마신】에게 저항했는지도 모른다.

다시 말해 【마신】의 그릇으로 견딜 수 있는 인간은 그만큼 정신력도 강인한 거다. 확실히 그들에게는 난처한 문제겠지. 혼돈은 그 덕분에 패배했다고 할 수 있다.

"여기에서만 하는 이야기인데, 나리의 저항력은 그 이상이에요. 적게 잡아도 히노모리 쿄카의 몇 배는 됩니다. 실수하면 도리어 제가 지배당할 우려가 있다구요."

"왜 나는 그렇게 강한 거야?"

"이것만은 타고난 거라고밖에…… 나리는 그만큼 대단한 사람이란 소립죠. 최강의 코바야십니다."

"기쁘지도 않고 멋지지도 않아!"

숙주의 소질 따위 나는 필요 없다. 그런 게 있어봤자 친구 캐릭터에는 아무런 도움도 되지 않는다. 오히려 방해다.

"그래서 또 다른 이유는 뭐야."

자신의 문제를 일단 옆으로 제쳐두고 나는 다시 본론으로 돌아간다.

도철이 직무유기를 하고 싶은 이유는 또 하나가 있다는 것. 이 녀석을 설득하는 건 그쪽도 듣고 나서다.

"그, 그건."

그러자 갑자기 도철이 말을 얼버무렸다.

나에게서 시선을 떼고 관자놀이를 긁적이며 자꾸 엉덩이를 들썩이며 고쳐 앉는다. 최종 보스가 해서는 안 되는 리액션이다.

"역시 그쪽도 말하지 않으면 안 됩니까……."

"당연하지. 나에게는 네 그릇으로서 그것을 알 의무가 있어."

"우우…… 큰일이네."

넉넉히 이십 초쯤 망설이더니 간신히 도철이 무거운 입을 열었다.

어째서인지 이상하게 주저주저했다. 자신이 쑥스러워하는 모습이 이렇게나 기분 나쁠 줄이야.

"히노모리 류가와는 싸우고 싶지 않은뎁쇼."

"왜."

"그거야 그…… 히노모리 류가는 귀, 귀엽지 않습니까."

"…………."

"까놓고 말하면 미움받고 싶지 않다고 할까……. 지금 이 대로 나리를 중개로 남자 친구로 있고 싶다고 할까……."

"반할 때냐!"

기진맥진한 상태였지만 나는 고함을 치며 일어났다.

이 녀석은 무슨 소리를 하는 거야! 왜 빨개진 거야! 최종 보스 주제에! 【마신】 주제에! 사흉 주제에!

내가 필사적으로 '친구 캐릭터'로 돌아가고 싶어 하는데 현재 상태인 '연인 캐릭터' 지망이라고?!

류가 타도에 불타는 게 아니라 단순히 마음이 불타오르 고 있을 뿐이라고?!

"잘 들어, 텟짱! 나는 류가의 친구 캐릭터로 돌아가고 싶 어! 너 따위 지금 당장 야후 옥션에 출품해서 배송료 부담 으로 팔아버리고 싶을 지경이야!"

"그, 그만하세요오. 류가땅의 코스튬 플레이를 보지 못 하게 되잖습니까아."

"류가땅이라고 부르지 마! 녀석은 가증스러운 '용신의 계 승자'라고!"

"나리는 어느 코스튬 플레이가 좋으십니까?"

"바니걸이다!"

"저는 간호사일까요. 오늘 한 메이드도 좋았죠."

"아니, 너는 몰라. 그 녀석의 예쁜 엉덩이는 토끼 꼬리를 얻을 때야말로 최대한으로 매력을 발휘…… 이게 아니잖아!

좀 더 최종 보스로서 자각을 가져!"

테이블을 쾅쾅 쳤지만 도철은 듣지 않았다.

칠칠치 못하게 얼굴이 헤벌쭉하고 코스튬 플레이 류가를 떠올리면서 침을 닦고 있다. ……이【마신】은 완전히 글러먹었다. 이제 정말로 모든 것이 글러먹었다.

"알았어! 나도 협력할게! 그러니까 싸워줘, 텟짱!"

"류가땅을 공격하다니 저한테는 무리예요. 다치기라도 하면 어쩝니까?"

"놈에게는 치유능력이 있어! 신경 쓸 거 없어!"

"하아. 류가땅과 모래사장에서 나 잡아 봐라를 하고 싶구나……."

"이야기를 들어!"

"텟짱이라고 불리고 싶다……."

"세계를 멸망시켜!"

"아, 뭣하면 나머지 사흉, 제가 쓰러뜨릴깝쇼? 사도들도 섬멸할깝쇼?"

"그게 무슨 급 전개야! 이상하잖아 제2부!"

……그로부터 한 시간 가까이 설득하려 했지만 도철은 고집스럽게 듣지 않았다. 오로지 '류가땅 할짝할짝'뿐이었다.

'이렇게 되면—— 친구 캐릭터로 돌아가는 건 일단 중지다.'

제대로 된 최종 보스로 류가와 히로인들에게 쓰러져야

한다.

제대로 된 제2부를 성립시켜야 한다.

이미 '또 주인공 주변 사람이냐' 같은 비판을 신경 쓸 때가 아니다. 이대로 내버려 뒀다가는 도철은 진짜로 역할을 포기해버릴 것이다.

'최종 보스를 하는 수밖에 없어. 류가의 적이 되는 수밖에 없어.'

그리고 도철을 잠재우고 수수께끼 캐릭터에서 벗어나 깨끗한 몸으로 돌아간다. 바라마지 않던 친구 캐릭터 회귀는 그 뒤다.

……생각해보면【마신】에게 해방되는 방법은 '그릇이 죽는 것'과 '이사 허가를 받는 것'만이 아니다. 그건 이 녀석들의 사정이다.

숙주 쪽에서 보면 중요한 건【마신】그 자체가 소멸하면 된다. 그게 가장 좋은 해결법일 것이다.

'괜찮아.【마신】이 죽어도 그릇이 무사히 남는 건 쿄카로 증명이 됐어. 텟짱만 처분한다면 나는 당당히 일반인으로 돌아갈 수 있어.'

최종 보스든 친구든 '주인공을 빛나게 한다'는 내 입장에 변함은 없다.

그렇다면 당분간 코바야시 이치로는── 미력하나마 악역을 맡아보마.

세상에 공포와 혼란을 불러주마. 류가를 궁지에 빠뜨려

주마.

올여름 한정으로.

2장 거북이가 있다면 공주도 있다

1

이튿날 오후. 나는 당장 최종 보스로서의 행동을 개시했다.

솔직히 아침 일찍부터 움직이고 싶었지만 오전 중에는 평소처럼 류가와 시시덕거려야 했다. 수행이라는 이름의 콩트에 함께 어울려야 했다.

하지만 오늘은 다른 호출은 받지 않았다. 지금부터가 나의 진짜 여름방학이다.

'그 여름방학이 설마 이렇게 되어 버릴 줄이야……. 불평해도 소용없어. 한다고 정한 이상 확실하게 최종 보스를 맡아야지.'

시내에 나가기에 앞서 우선 악당답게 검은 코트에 선글라스를 착용해보았다. 응, 나쁜 놈 같아 보이는군. 이러면 수수한 비주얼을 충분히 얼버무릴 수 있겠지.

……하지만 역시 더워서 넣어두기로 했다. 열사병이 나면 다 헛수고다.

"나리. 어디 가십니까?"

현관에서 신발을 신으니까 실체화한 도철이 말을 걸었다.

티셔츠 차림인 나와 달리 오늘도 【마신】은 교복 차림이다. 구별할 수 있도록 늘 그 차림으로 있으라고 명령했다.

"잠깐 바깥을 순회할 거야. 절대로 나한테서 나오지 마."

"예에. 그래서 뭘 하시러 가십니까?"

"'나락의 사도'를 찾는다."

"찾아서 어쩌시려구요?"

"여기에 【마신】이 있다는 사실을 알린다. 잔당을 긁어모아 태세를 재조직한다."

먼저 그것이 최종 보스로서의 첫걸음이다. 도철이 이계의 문을 열지 못하는 이상 이쪽에 남아 있는 사도들을 믿는 수밖에 없다.

전에 도철은 '부하 따위 필요 없다'고 했지만 역시 수하는 필요하다. 그것도 되도록 미온 같은 간부급이 바람직하다.

"그만두시죠오. 류가땅과 사이좋게 지내자구요."

"얼빠진 소리 하지 마! 이 느긋한 【마신】이!"

여전히 최종 보스를 할 마음이 없는 【마신】에게 나는 상사처럼 호통쳤다.

"잘 봐, 텟짱! 내가 너에게 '악'이란 것을 가르쳐주지! 사흉의 무시무시함을 어리석은 인간들에게 알려주겠어!"

"어쩐지 저희 역할이 뒤바뀐 것 같지 않습니까?"

"누구 탓일 것 같아!"

"그보다 오늘의 류가땅 경찰 코스튬 플레이, 최고였죠. 그런 애에게 불심검문당하고 싶다아."

"정말이지 입만 열면 류가, 류가……."

아무튼 도철을 자신 안에 집어넣고 먼저 역 앞으로 가기로 했다. 거기라면 사람도 많아서 사도가 뒤섞여 있을지도 모른다.

가는 길에도 나는 줄곧 도철에게 '올바른 최종 보스의 자세'를 설교했다. 어째서 피해자인 숙주가 이런 설명을 해야 하는 건가.

'뭐 됐어. 그 대신에 저지른 나쁜 일에 대한 청구는 전부 이 녀석에게 떠넘겨주겠어.'

모든 것은 【마신】의 의사이고, 따라서 죄의 청산도 도철에게 떠맡긴다. 말하자면 '부하가 멋대로 했습니다 작전'이다.

나는 그저 의식을 빼앗기고 조종당했을 뿐이다.

마음속으로는 '그만둬 【마신】! 나는, 나는 이런 걸 바라지 않아!'라고 열심히 외쳤던 거다.

그런 설정으로 가자.

그러나 사도 수색은 내 예상보다 훨씬 난항이었다.

어디를 찾아도 그럴싸한 녀석은 전혀 보이지 않는다. 혹시 몰라 폐공장 같은 인기척 없는 장소도 찾아봤지만 결과는 마찬가지였다.

'조금이라도 사기를 내보내면, 나라면 감지할 수 있겠지만…… 역시 사도들도 경계하고 있는 건가.'

한때는 백 명 넘게 이쪽으로 왔던 그들이지만 대부분 제

1부 최종 전투에서 퇴치당하고 말았다. 게다가 혼돈이 연이계의 문은 이제는 모두 봉인되었다. 새롭게 사도가 올 가망은 없다.

'나도 꽤 많은 숫자를 해치웠잖아. 실수했어⋯⋯.'

이제 몇이나 살아남았을까. 어물거리다가는 귀중한 그 녀석들마저 류가에게 사냥당해 버리기 십상이다. 그런 사태는 피하고 싶었다.

'이제 간부급 같은 사치스러운 소리는 하지 않겠어. 잔챙이라도 좋으니까 나와줘⋯⋯!'

아무런 수확도 없는 채 이틀, 사흘이 지나고 슬슬 본격적으로 초조해지기 시작했을 무렵.

드디어 나는── 그 기회를 만났다.

오늘도 성과를 올리지 못하고 포기하고 집으로 돌아가려던 나흘날 밤이었다. 집 근처까지 왔을 때 어딘가에서 감도는 희미한 사기를 감지했다.

'왔다! 이건 틀림없이 사도의 기척이다!'

바로 달려서 사기가 나는 방향을 향했다.

주변은 완연한 어둠에 둘러싸여 스치는 통행인도 없었다. 그렇게 먼 곳은 아닐 것이다. 설마 이런 근처에 숨어 있을 줄이야⋯⋯ 세상은 넓은 듯 좁다.

'어떤 사도지? 가능하다면 사자형이나 퓨마형이 좋겠어.'

이계의 주인인 '나락의 사도'는 모두 어떤 생물이 베이스가 된다. 평소에는 인간으로 둔갑해 있지만 정체는 짐승이나 어류, 곤충을 모티프로 한 이형의 존재다.

'부탁이야, 제발 멋있는 사도이길!'

아무쪼록 그리마형이나 치와와형이나, 마리모형 같은 건 그만둬줘. 사치스러운 소리를 할 생각은 없지만 막상 발견하자 욕심이 생긴다. 정말 타산적이다.

……도착한 곳은 집에서 몇백 미터쯤 간 곳에 있는 묘지였다.

어느 정도 면적이 있고 묘석이 구역으로 나뉘어 질서정연하게 늘어서 있다. 한편으로 수목이 눈에 많이 띄는 이유는 한때 이곳 일대가 잡목림이었던 흔적인가.

'어라, 사기가 사라지고 있어……. 설마 사라졌나?'

서두르는 걸음으로 묘지로 들어가 어두운 샛길을 돌진한다.

부는 바람은 뜨뜻미지근하고 술렁술렁 흔들리는 나뭇가지와 잎이 사람처럼 보였다. 나는 이매망량(魑魅魍魎) 종류는 제법 태연한 부류이지만……. 그래도 께름칙하기는 마찬가지였다.

'나리, 돌아갈깝쇼. 귀신이라도 나올 것 같다구요.'

갑자기 머릿속에서 도철의 목소리가 들렸다. 우리는 이런 내선통신이 가능하다.

'사도 따위 내버려둡죠. 저, 이매망량 종류는 좀…….'

"너도 비슷한 존재잖아."

기개 없는 【마신】을 기막혀하며 계속해서 나아갔다.

그러자 얼마 안 있어 '현장'에 도착했다.

"아——."

결론부터 말하면 사도는 있었다. 하지만 한발 늦었다.

버팔로형으로 보이는 큰 덩치의 이형 괴물이 지면에 고꾸라져 있다. 그리고 점점 소멸해간다.

사도는 쓰러뜨리면 유해가 이처럼 융해·증발해 버린다. 다시 말해 그는 누군가에게 당하고 만 것이다.

'어, 어떻게 된 거야…….'

게다가 쓰러뜨린 당사자일 상대가 아직 그곳에 있었다.

내 쪽에 등을 돌리고 양손을 허리에 대고 우쭐해서 사도를 내려다보고 있었다.

위는 권법 도복, 아래는 레깅스라는 묘지에 어울리지 않는 차림을 한 작은 체구의 소녀다. 덤으로 그 등에는 커다랗게 '亀(거북 구)'라는 한 글자. 모 만화와 매우 닮은 도복이다.

"후우, 수확 하나…… 어라?"

그제야 비로소 그녀가 내 쪽을 돌아본다.

똥그란 눈, 절벽 가슴, 마치 중학생처럼 어린 용모. 쇼트커트에 머리띠를 두른 더없이 활발해 보이는 보이시한 동안 소녀.

소녀는—— 쿠로가메 리나였다.

류가의 소꿉친구인, 옆집에 사는, 가족 단위로 교류가

있다는, 2학년 E반의 리나다.

"너는 분명 류짱의 남친인……."

쿠로가메는 나를 빤히 살피며 다가온다. 누가 남친이야.

보기에 무기는 가지고 있지 않다. 그렇다는 말은…… 맨손으로 사도를 쓰러뜨린 건가?

'아마도 이 녀석은 권법을 쓰는 거야. 그것도 상당히 뛰어나다. 전투 직후일 텐데 땀 한 방울도 흘리지 않고 숨도 헐떡이지 않다니…… 기껏해야 거북이라고 우습게 보고 있었어.'

──이 쿠로가메 리나는 사신 중 하나·【현무】를 수호신으로 가진 소녀다.

그리고 【마신】 혼돈이 연 이계의 문을 모조리 봉인한 장본인이기도 하다. 그 능력으로 '성벽의 수호자'라 불리는, 이 세계 수호의 주축……. 순수한 방어력으로는 【황룡】도 훨씬 능가하는 류가의 방패라고 한다.

'그 【현무】 포지션은 틀림없이 나라고 생각했는데…….
그런 경솔한 지레짐작을 하지 않았더라면 최종 전투에 참가 따위 하지 않았을 텐데.'

덧붙여 쿠로가메 리나는 히노모리 류가가 여자아이라는 사실을 아는 몇 없는 존재다. 그런 의미로는 다른 히로인 후보와 비교해 다소 특수한 입장이라 할 수 있다.

단, 극도로 마이페이스한 성격이며 메인 스토리에 그다지 얽히지 않는 경향이 있다. 같은 사신(四神)이면서 유키미야, 아오가사키, 엘미라와는 일선을 긋는 캐릭터다. 그것이 나에게는 불운이었지만.

그런 내 속마음을 무시하고 쿠로가메가 짝하고 손뼉 쳤다.

"생각났어! 너, 스즈키 타로지?"

"코바야시 이치로다."

"아까워! 그쪽이었구나! 기억하기 어려우니까 '잇군'이라고 부를게!"

무례한 거북이다. 게다가 허물없는 거북이다.

"그래서 무슨 일이야 잇군. 이런 곳에서."

"어? 아니, 그게, 산책하고 있었어……."

"공동묘지에서?"

"으, 으응. 사람도 없고 시원하니까."

"무덤은 관둬. 여기, 사도가 나온다구?"

이미 원형이 사라진 사도의 잔해를 보며 나는 "……그런 것 같네"라고 수긍할 수밖에 없었다.

"저 녀석, 너 혼자 쓰러뜨렸어?"

"응, 혼자서. 일 분 만에."

……진짜 【현무】, 강하다.

간신히 발견한 사도였건만. 게다가 보기에 훌륭한 버팔로형이었건만.

하기야 설령 늦지 않았더라도 사도에 가세해 쿠로가메를 공격하지는 못한다. 나는 제2부에서 류가 진영에서 희생자나 부상자를 낼 마음은 없다. 전부 짜고 치는 전투를 할 생각이다.

"앗, 그렇다! 잇군에게 한 가지 전할 말이 있었어!"

사도 건을 재빨리 마무리 짓고 쿠로가메가 화제를 바꾼다. 이야기로는 들었지만 대단한 마이페이스다. 제1부의 최종 전투에 늦었던 건 허세가 아니다.

"내일모레부터 이틀 동안 일정 비어 있어? 류짱이랑 쿄짱이랑 같이 치가야마산에 갈 거야."

"어……."

말할 것도 없이 '류짱'은 류가, '쿄짱'은 쿄카를 말한다.

그리고 치가야마산이란 전철로 열 정거장쯤 떨어진 산이다. 등산과 캠프 등으로 인기인 이 지역에서는 유명한 레저 명소이다.

"좀 산속이지만 우리 별장이 있어. 이틀만 빌렸거든! 바로 앞에 계곡이 있어서 수영할 수 있어!"

주먹을 휘두르며 기쁜 듯이 역설하는 쿠로가메. 소풍 전의 초등학생 같다.

"사실은 시오짱이나 레이짱이나 엘짱도 같이 가자고 하고 싶었지만 그러면 류짱이 수영할 수 없잖아?"

그야 그렇다. 그녀들 세 사람은 류가의 정체를 모르니까.

진짜 류가는 유키미야보다 글래머다. 그 사실을 안다면 유키미야는 '인간 불신'이라는 글을 남기고 자취를 감춰버릴지도 모른다.

"모처럼 새로운 수영복을 샀는데 그럼 가여우니까. 하지만 남친인 잇군이라면 같이 가도 문제없겠지."

"류가의 수영복……."

"아주 대담한 수영복이었다구?"

"이이이얏호오오오오—오!"

직후. 움찔할 정도로 성대한 환희의 목소리가 한밤중의 묘지에 울려 퍼졌다. 도철이었다.

쿠로가메가 "응?" 하고 당황해서 어리둥절한 표정으로 나를 본다. 그녀가 보기에 내가 외쳤다고 생각한 것이리라.

"아, 아무것도 아냐! 신경 쓰지 마!"

바로 고개를 젓고 하는 수 없이 해명해야 했다.

내가 【마신】의 그릇임을 쿠로가메에게 들킬 수는 없다. 아직 그럴 시기가 아니다.

"지금 잇군이 외친 거야?"

"으, 응! 내가 외쳤지! 진지하게 외쳤지!"

"류짱의 수영복이 그렇게 기대됐어?"

"그야 당연하지! 물론 쿠로가메랑 쿄카의 수영복도 기대하고 있어!"

"잇군의 소문은 학교에서 자주 들었지만……. 평판 이상의 호색가구나."

"그야 당연하지! 나는 짤랑●마저 성적인 눈으로 보는 남자라고! 이이얏하아아—!"

"류짱, 잇군의 어디가 좋은 걸까."

"동감이야! 이이얏하아아—! 와오!"

결국 쿠로가메는 그 이상 따지지 않았다. 단세포라 다행이다.

하지만 그 대신―― 나는 내일모레부터 그녀들과 산에 가게 되었다.

우리의 【바보 마신】 탓에.

2

"멋대로 소리 내지 마!"

집으로 돌아오자마자 나는 신발을 벗기도 전에 도철에게 호통쳤다.

최종 보스 자리에 놓을 수 없는 놈이라고 생각은 했지만 설마 이렇게까지 심한 줄은 몰랐다. 적인 주인공과 함께 놀고 싶어 하다니.

그러지 않아도 사도를 얻는 데 실패했는데 산 따위 갈 때가 아니다. 그런 곳에 사도 따위 있을 턱이 없다. 그보다 캠프에 가는 사도 따위 동료로 삼고 싶지 않다.

"이렇게 바쁜 시기에 어쩔 작정이야! 그리고 나는 짤●이를 성적인 눈으로 보지 않아! 버● 누나 선에서 멈췄다고!"

"워워, 진정하세요, 나리. 소리를 내버린 건 사과할게요."

나한테서 나온 도철이 "여기요"라며 슬리퍼를 놓는다.

그 얼굴이 명백히 히죽거리고 있었다. 여전히 기쁜 기색을 다 숨기지 못하고 있었다.

"변명하는 건 아니지만 류가땅의 수영복 차림이라구요? 심지어 아주 대담한 수영복이라구요? 그야 흥분이 안 될 수가 없습죠."

"사도 찾기는 어쩔 거야!"

"그딴 거 뭐 어떻습니까."

"진지하게 세계를 멸망시킬 마음 있는 거야?"

"없습죠."

"너는【마신】이잖아!"

"저는【마신】이기 전에 한 사람의 류가땅 오타쿠인걸요!"

"웃기지 마, 이 자식……."

끝내 되레 당당해진 도철에게 나는 분노를 폭발하며 덤벼들었다.

그대로 현관에서 인간과【마신】의 맞대결이 시작된다. 제법 호각이었다.

날뛰는 사이에 신발장 위의 꽃병을 깨버려서, 일단 싸움을 중단하고 둘이서 파편을 청소했다. 끝났을 무렵에는 머리도 완전히 식어서 거실에서 한숨 돌리기로 했다.

"나리는 진짜로 강하네요. 몰라뵀습니다."

"그냥 그렇지. 그보다 목이 말라. 냉장고에서 보리차 가져와."

"알겠습니다."

고개를 끄덕인 도철이 얼른 부엌으로 갔다. ……【마신】을 부려먹고 말았다. 알았다고 하는 쪽도 문제다.

그 뒤에 목욕물을 받는 사이에 한동안 도철과의 잡담 타임이다. 이때다 싶어, 나는 다시금 그에게 정보를 얻어내기로 했다.

"그러고 보니 다른 사흉은 어쩌고 있어?"

　분명히 사흉이란 혼돈, 도철, 궁기, 도올 넷이었던가.

　그러나 혼돈은 이미 쓰러져 소멸해버렸다. 놈이 류가와 히로인의 합체 공격을 받고 소멸하는 모습을 나도 이 눈으로 확인했다.

　그렇다면 나머지 사흉은 궁기와 도올【마신】……. 그들이 부활해준다면 제2부의 최종 보스를 양보하는 선택지도 있다. 단순히 문제 미루기지만 도철보다는 제대로 된【마신】이다.

　내 질문에 도철은 보리차를 꿀꺽꿀꺽 마시며 고개를 가로저었다.

"유감이지만 모릅니다. 애초에 우리【마신】이 동시대에 존재하는 건 기본적으로 없습죠."

"그래?"

"솔직히 사흉은 사이가 나빠요. 부활하는 시대가 충돌하면 전투를 시작합죠."

"내분인가……. 그건 곤란하군."

　적이 멋대로 함께 쓰러지면 류가는 황당하겠지. 스토리도 엉망진창이 된다.

"우리뿐만 아니라 사도들도 곤란할 겁니다."

"무슨 소리지?"

"여러 왕이 동시에 존재하면 놈들에게도 파벌이 생기니까요. 어느【마신】을 섬길지 그쪽에서도 분쟁이 나겠죠."

점점 더 곤란하다. 아무래도 '나락의 사도'도 단결이 잘되어 있지는 않은 듯하다.

어느 세계에서도 역시 조직은 큰일이다. 그리고 보기에 도철에게 인망이 있는 것 같지 않다. 내가 사도라도 이 녀석의 부하만은 싫은걸.

"어쩌면 이번에는 그 기회가 있을지도 모릅죠. 나랑 혼돈의 부활이 이토록 이상하게 가깝다는 건…… 다른 둘도 얼굴을 마주할 가능성도 있습죠."

"참고로 너, 그때는 어쩔 거지?"

"그야 죽여버리겠죠.【마신】따위 한 명이면 족합죠."

"사이좋게 협력할 수는 없는 거야?"

"절대 싫습니다. 갈가리 찢어서 창자를 꺼내주겠어요."

"이럴 때만【마신】다움을 드러내지 마……."

내가 한숨을 푹 쉬었을 때. 갑자기 주머니 안에서 휴대전화가 드르륵 떨렸다.

꺼내서 확인해보니 메시지가 한 건 도착해 있었다. 보낸 사람은── 류가였다.

"아, 류가다."

"엣, 류가땅?!"

금세 도철이 눈을 빛내며 내 뒤로 샤샤샥 돌아와 휴대전화를 들여다본다. 남의 메시지를 보려 하다니 예의 없는 놈이지만, 【마신】에게 윤리를 설명해도 소용없다.

'이치로에게. 산에 가는 이야기 리나에게 들었어? 오늘 갑자기 결정된 일이고 여자아이뿐이라서 이치로에게 가자고 해도 될지 망설였는데……. 리나가 오케이라면 문제없 겠지!'

예상대로라고 해야 할까, 메시지 내용은 내일모레 일이 었다.

"문제없어 류가땅! 꼭 갈 테니까 안심해!"

그리고 뒤의 【마신】이 시끄럽다. 내 뒤통수에 콧김이 꽂 힌다.

'그럼 내일모레, 아침 9시에 역 앞에서 집합! 이치로랑 일박은 처음이니까 엄청 두근거려!'

"나도 두근두근해 류가땅! 똑같네! 우리는 마음이 맞는 구나!"

메시지를 다 읽자마자 즉각 도철이 바닥에 납죽 엎드려 머리를 조아렸다. 최종 보스가 가장 해서는 안 되는 행동 이었다.

"나리, 부탁드립니다. 산에서 잠깐만 바꿔주세요! 류가 땅과 이야기하게 해주세요!"

이마를 바닥에 세게 비비며 필사로 애원한다. 최악의 【마신】이다.

……하지만 이제 산으로 가는 건 거절할 수 없다. 그렇

다면 도철에게 한 가지 '빚'을 만들어두는 것도 나쁘지 않
겠지. 이 녀석이 성실한 성격인 건 알고 있으니까.

"그러면 너, 제대로 최종 보스 할 거야?"

"옙. 류가땅과 산에서 놀게 해주신다면……."

"좋아, 괜찮겠지. 산에서 잠깐만 바꿔주지. 절대로 들키
지 마."

"이이이얏호오오오오—우!"

절규와 함께 도철이 뛰어오른다.

그러자 그 온몸이 눈부시게 빛나고 그의 교복이 순식간
에 사라졌다. 이윽고 발광이 잦아들자—— 【마신】은 수영
복 차림이 되었다.

'이 녀석 옷을 자유자재로 바꿀 수 있는 거야? 어디서 교
복을 조달해왔는지 이상했지만…….'

아니, 그건 됐어. 문제는 그 수영복이다.

이른바 삼각 타입의 호피 무늬였다. 터질 듯이 꽉 끼어
서 다리 사이가 엄청난 상태다. 마치 긴 깡통이라도 집어
넣은 것 같았다.

쏙 빼닮았다고 생각했는데 한 군데만 나랑 완전히 달랐다.
엄청난 패배감……!

"어이! 그 수영복은 관둬!"

"아아, 죄송합니다. 올해 유행은 황록색이었습죠."

"그게 아니잖아! 그 예사롭지 않은 중심부를 가리란 말
이야."

"이름은 지로라고 합죠."

"겹치잖아! 엘미라의 소설이랑!"

"그 녀석의 작품은 재밌을 것 같죠. 열심히 완성해주면 좋겠다아."

"적을 응원하지 마!"

……이 녀석과 류가를 얽히게 하는 것이 엄청나게 불안해졌다.

3

그리고 이틀 뒤.

약속한 시간에 역 앞에 도착하자 이미 류가, 쿄카, 쿠로가메가 보였다. 히노모리의 집과 쿠로가메의 집은 이웃이라서 여기까지 함께 온 거겠지.

"안녕 이치로! 날씨가 좋아서 다행이군!"

공공장소라서 류가의 말투가 남자다. 복장도 폴로셔츠에 면바지, 물론 가슴은 천으로 감쌌다.

덤으로 그 얼굴은 머리 위 태양처럼 밝게 빛났다. 오늘이 주체하지 못하게 기대된다는 느낌이다.

"좋아! 잇군도 왔고 그럼 렛츠고!"

쿠로가메의 기운 넘치는 목소리와 함께 우리는 곧바로 전철을 타고 치가야마산으로 향했다.

차 안에서 일찌감치 과자를 먹기 시작한 쿠로가메에게

쿄카가 "정말 리나 언니 빠르다니까"라며 웃으면서 지적했다.

류가도 그 모습을 보고 "이런 이런" 하고 활짝 웃었다. 내 옆에 앉는 건 좋지만 너무 딱 달라붙었다. 이러면 꼭 류야와 지로 같잖아.

'직전까지 마음이 내키지 않았지만…… 이렇게 오니까 역시 신나는구나.'

산에서 노는 건 오랜만이다. 게다가 귀여운 여자애 세 명과 일박이다.

히노모리 자매는 말할 것도 없고 쿠로가메도 생김새만은 상당히 예쁜 편이다. 오늘의 해바라기 무늬 캐미솔도 천진난만한 그녀에게 무척 잘 어울렸다. 소매로 흘끔흘끔 타이츠가 엿보이는 건 좀 그랬지만.

'모처럼 수영복 이벤트이니 나도 한동안 최종 보스를 잊어버리고 즐길까.'

——하지만 그런 내 들뜬 마음은 산에 들어가기 전까지였다.

마찬가지로 캠프를 가는 듯한 사람들을 지나쳐 류가는 하이킹 코스에서 벗어나 점점 짐승이 다니는 길로 헤쳐 들어간다. 게다가 그 걸음이 점차 빨라져 길이 사라지더니 나무에 오르고 끝내 가지에서 가지로 날아서 나아가기 시작했다.

말도 안 되는 도약력과 몸놀림. 하지만 그녀들은 단순한

트레이닝 감각인 모양이다.

'아니야! 이건 내가 아는 레저가 아니야!'

이제 따라가는 데 필사였다. 조금이라도 발을 잘못 디디면 땅바닥에 거꾸로……. 이 높이면 골절할 가능성도 있다. 목숨을 건 터무니없는 피크닉이다.

'조금은 페이스를 떨어뜨려! 이러고 나서 물놀이도 할 거 아냐? 아무리 전투의 전문가라고 해도 여고생의 체력이 아니잖아!'

내 마음의 비명을 무시하고 그녀들은 산원숭이처럼 나무를 휙휙 건넜다.

참고로 쿄카는 류가에게 업혔다. 아무래도 여동생만은 인간으로서의 분별이 있는 듯하다.

"잇군 굉장하네! 우리를 따라올 수 있다니!"

아득히 먼 전방에서 선두로 가는 쿠로가메가 감탄하며 외친다.

"그렇지? 그렇지? 이치로는 굉장하다니까!"

그 말을 듣고 류가가 자랑하듯이 대답한다. 지금은 완전히 여자아이 모드로 돌아갔다.

……그로부터 이십 분쯤 뒤. 우리는 드디어 목적지에 도착했다.

산허리 부근으로 보이는 수목을 베어낸 공간. 그곳에 커다란 산장 한 채가 이채를 띠며 서 있었다.

생각보다 새 건물이고 우리 집보다 큰 목조 산장이다.

바로 옆에는 고만고만한 강폭의 시내가 있고, 그 물은 놀랄 만큼 맑았다. 곤들매기인 듯한 그림자도 볼 수 있어서 대강 자급자족할 수 있을 것 같았다.

"얼른! 수영하자, 수영!"

이미 녹초가 된 나를 내버려 두고 쿠로가메가 "와─이" 하고 산장으로 돌격한다. 저 거북이는 체력이 어떻게 된 거야. HP 얼마인 거야.

"이치로, 지쳤으면 좀 쉬어도 돼. 강물은 그냥 마실 수 있어."

땅바닥에 나뒹구는 나에게 류가가 무릎을 꿇으면서 그렇게 말한다. 이어서 그 손가락이 내 머리에서 무언가를 획 잡았다.

투구벌레였다. 아무래도 중간에 달라붙어 버린 듯하다.

"처음 오는 사람에게는 힘든 루트였지. 이치로도 역시 힘들었어?"

"그래……. 너희가 옷 다 갈아입을 때까지 여기서 쉴게……."

"곰을 조심해. 사도를 격퇴할 수 있는 이치로라면 손쉽게 이기겠지만."

생긋 웃으면서 류가는 쿄카를 따라 산장으로 들어갔다.

"부탁이니까 일반인 취급해줘……."

대자로 뻗은 채 나는 우는소리를 했다. 들이마신 공기는 신선하고 청정해서 폐 속이 씻기는 것 같았다.

잘 보니 팔꿈치에 왕사슴벌레도 있었다.

그 뒤로 얼마 지나지 않아 물놀이가 시작되었다.

시냇물에 들어가 보니 생각보다 깊지만 흐름은 상당히 느렸다. 이렇다면 빠질 일도 없으리라.

"간다간다간다—아!"

"꺄앗. 뭐야, 그만해 리나."

"리나, 내가 상대하지."

미소녀 세 사람이 첨벙첨벙 물을 서로 뿌리며 까꺄 들떠 있다. 나는 목욕하듯이 어깨까지 물에 담그고 옆에서 그 모습을 흐뭇하게 바라보았다.

'드디어 평범한 레저가 되었군……. 그건 그렇고 역시 여름은 수영복이야.'

쿠로가메는 학교 지정의 스쿨 수영복. 정말이지 멋 부리기를 신경 쓰지 않는 그녀답다. 가슴은 절벽이지만 엉덩이와 허벅지는 만점이라고 생각한다. 확실히 마니아의 수요는 있을 것이다.

쿄카는 프릴이 달린 원피스 수영복에 얇은 상의를 걸쳤다. 되도록 피부를 태우고 싶지 않은 모양이다. 쿠로가메보다 가슴이 있으므로 그녀에 대한 배려라고 생각할 수도 있다.

……그리고 뭐라 해도 가장 눈 보신은 역시 류가였다.

튜브탑의 새빨간 비키니는 어른스러움과 노출도에서 발군이다. 넘칠 듯한 큰 가슴에 쏙 들어간 허리, 젖은 등에 달라붙은 뒷머리……. 게다가 하의가 로라이즈 타입이라서 엉덩이의 갈라진 부분이 보일 것 같았다.

'이런 눈으로 류가를 보면 안 된다는 건 알지만……. 확실히 대담한 수영복이야.'

그렇지만 내 시선을 제일 끈 것은 류가의 수영복이 아니라 복부였다.

더욱 정확히 말하면 배꼽이었다.

단단한 배에 작게 뚫린 귀여운, 세로로 길쭉한 구멍……. 사실 나는 그게 전부터 정말 좋았다. 그렇다. 여기서만 하는 이야기지만 나는 배꼽 페티쉬다.

──배꼽은 좋아. 사람들 저마다 형태와 깊이가 다르고, 의외로 개성이 있기도 하지. 충분히 차밍한 부분인데 규제도 전혀 없지. 아이돌이든 동급생이든 숙녀든 어린 여자애든 아무리 보아도 문제가 되지 않는다.

이왕이면 쿠로가메와 쿄카의 배꼽도 보고 싶었다. 원피스 타입인 점이 더없이 아쉽다. 아마도 류가에 지지 않는 예쁜 배꼽을 하고 있을 텐데.

뭐…… 그건 그렇다 치고.

'느하아아아아! 류가땅 너어어어어무 귀여워─!'

조금 전부터 【마신】이 상당히 시끄럽다. 내 머릿속에서 하이텐션의 포효를 마구 지르고 있다.

'역시 좋네요! 야하네요! 류가땅의 E컵! 류가땅의 엉덩이! 류가땅의 배꼽! 류가땅의──.'

'시끄러워! 좀 가만있어!'

질책한 직후, 도철이 내 몸을 안쪽에서 휘청휘청 격렬하게 흔들었다. 이런 일을 할 수 있었던 건가.

'나리! 바꿔요! 바꿔요!'

'버, 벌써? 말해두지만 최종 보스를 제대로 하는 게 조건이야!'

'알겠습니다! 빨리 바꿔요! 물싸움에 참가하게 해줘요!'

울먹이는 호소에 나는 하는 수 없이 류가에게 "미안, 잠깐만" 하고 말하고 일단 산장으로 돌아갔다. 그리고 주어진 내 방에 들어간다.

실내는 다섯 평 정도의 넓이에 침대와 책상까지 완비된 예상 이상의 쾌적한 공간이다. 산장에는 식당 외에 이 방과 같은 개인실이 다섯 개 더 있다. 그리고 테라스와 전망대, 지하 창고까지 충실했다.

……듣기로는 쿠로가메 리나의 집은 고무술 도장을 경영하고 있다고 한다.

이 산장은 원래 문하생이 산속에서 수행하기 위한 시설이다. 그래서 너무 함부로 사용할 수는 없다고 한다.

어쩌면 그녀의 강함도 여기서 수행을 한 덕택인지도 모른다. 해외까지 지부가 있고 아오가사키의 검술 도장에 지지 않는 역사를 가진 만큼 그 분야에서는 유명한 유파인 듯하니까. '쿠로가메류 아르켈론권'이라는 의미 불명의 이름이지만.

"잘 들어 텟짱, 실수로도 사기는 내뿜지 마. 평소의 나를 참고해서 천진함과 사랑스러움을 전면에——."

교대하면서 한 번만 더 못을 박으려 했을 때.

도철의 기척은 이미 어디에도 없었다. 대신에 현관문이 기세 좋게 열리고 바깥으로 달려가는 발소리가 들린다. 그리고 그 몇 초 뒤——.

"꺄아악! 이, 이치로! 왜 그런 수영복으로 갈아입은 거야?!"

강 쪽에서 류가의 날카로운 비명이 들렸다. 도철 녀석, 설마……!

"잇군! 그거 다리 사이에 뭘 넣은 거야?"

"코, 코바야시 오빠 변태! 언니, 양손으로 눈을 가리면서 손가락 틈새로 빤히 보지 마!"

이어서 쿠로가메와 쿄카가 비명을 질렀을 때는 나는 그 자리에 웅크려 머리를 감싸고 있었다.

"어때! 댄디하지! 유행은 황록색이지만 일부로 호피로 골랐다구!"

저놈의【마신】, 돌아가면 패준다. 반드시 패준다.

"야~이 류가땅! 체포해버린다아아~."

"싫어엉, 무서~워."

"이치로 마신이다아아~."

"그러면 이길 수 없어어~."

"먹—어버린—다아아~."

"아아~앙. 먹—히—겠~어."

물론 나갈 수는 없었다. 숨죽인 채 방에 숨어서 그 즐거워하는 목소리를 듣는 수밖에 없었다.

'이 닭살 커플놈들……'

주인공과 최종 보스가 강에서 사이좋게 놀고 있다. 꺅꺅 우후후 하고 시시덕거리고 있다.

이래도 되는 건가 제2부.

4

이러니저러니 눈 깜짝할 사이에 날은 저물었다.

물놀이 뒤에는 비치발리볼, 바비큐, 불꽃놀이, 괴담 대회…… 그런 정해진 이벤트를 해치우는 사이에 시각은 벌써 밤 열한 시.

쿠로가메가 도중에 잠들어 버린 참에 오늘은 취침하기로 했다.

덧붙여 나는 바비큐가 시작되는 타이밍에 다시 도철과 바꾸었다. 방으로 돌아왔을 때 【마신】의 엉덩이를 걷어차두었다.

'후우……. 생각보다 심적으로 지쳤어.'

그렇지만 들키지 않고 넘어가서 한숨 돌렸다. 아직 내일도 있지만 낮에는 산에서 내려가야 하니까 어떻게든 되겠지.

'돌아가면 사도 찾기를 재개해야지. 일찌감치 도철을 거

병하게끔 만들어야 해.'

침대에서 뒹굴며 천장을 응시하며 자신에게 그렇게 타일렀다. 도철과 바뀌어 있는 동안에 낮잠을 잤으므로 심야 12시가 지나도 눈이 말똥말똥했다.

어떻게 하면 효율적으로 사도와 접촉할 수 있을까. 그 녀석들 페이스북 같은 건 안 하나…… 따위의 생각을 할 때.

누군가 갑자기 방문을 똑똑 하고 작게 노크했다.

"이치로, 깨어 있어……?"

이어서 속삭이듯이 들린 목소리는 류가였다. 나는 바로 몸을 일으켜 침대를 내려와 문으로 향했다.

'설마 같이 잘 생각은 아니겠지…….'

그런 걱정을 하면서 문을 열자 역시나 파자마 차림의 류가가 그곳에 서 있었다.

여기저기에 강아지 발바닥이 프린트된 어린애 같은 면 파자마. 그와는 달리 봉긋한 가슴 부분이 여성다움을 당당하게 주장하고 있다. 머리카락은 웬일로 위로 묶었다.

이런 차림은 코스튬 플레이에서도 본 적이 없어서 어쩐지 두근두근했다.

"이런 시간에 어, 어쩐 일이야, 류가."

"음……. 잠깐 화장실을 같이 가줄 수 없을까……."

"화장실?"

"자기 전에 괴담 이야기했잖아? 리나가 말한 '산속 오두막에 나오는 유령'을 떠올려버려서."

……주인공이 유령을 무서워하는 건 괜찮은가. 최종 보스도 유령을 무서워하는 것 같으니 그 부분은 무승부인가.

참고로 이 산장은 크고 호화롭지만 화장실이 없다. 하수도 시설이 없어서 건물 옆에 전화부스 같은 간이화장실이 있을 뿐이다.

다시 말해 볼일을 보려면 바깥으로 나가야 한다.

"알았어. 나도 마침 잠이 안 오니까 같이 가줄게."

"에헤헤. 고마워, 애인."

"애인 '역할'이다."

그러고는 류가와 손을 잡고 발소리를 죽이고 산장을 빠져나온다.

얼마 안 있어 류가가 화장실에서 돌아와서 다시 산장으로 돌아가려고 했던 때. 어째서인지 그녀는 멈추어 선 채내 셔츠를 잡아당겼다.

"응? 왜 그래?"

"모처럼이니까 잠깐 이야기하지 않을래? 봐봐, 별도 예쁘고."

밤하늘을 올려다보자 분명히 숨을 삼킬 정도로 별의 바다가 펼쳐져 있었다. 구름 한 점 없이 맑아서 작은 별들까지 또렷이 확인할 수 있었다. 오히려 별자리를 찾을 수 없을 정도였다.

'뭐, 이런 것도 산에 머무는 묘미일지도 모르겠군.'

그렇게 생각한 나는 현관 앞 계단에 류가와 나란히 앉아

한동안 천연 플라네타륨을 만끽하기로 했다.

밤바람이 시원해서 기분 좋다. 호—호— 하고 우는 올빼미 소리를 BGM으로 삼 분쯤 하늘에 가득한 별을 계속 바라보았다.

"오늘 무척 즐거웠어."

그러자 내 어깨에 머리를 툭 얹고 류가가 진지하게 말했다.

"이렇게 오래 여자아이로 있을 수 있는 거 오랜만이야……. 산에서 내려가고 싶지 않을 정도야."

"네가 여자로 돌아갈 수 있는 건 나와 쿄카와 쿠로가메 앞뿐이니까. 역시 공식적으로 밝히면 안 되는 거야?"

"응, 그건…… 이치로에게 들킨 것도 아버지에게 엄청 혼났는걸."

그 얘기를 아버지께 한 건 그녀에게도 용기가 필요한 일이었을 것이다.

류가는 줄곧 히노모리 가문의 적자로 충직하게 살아왔다. 속은 남보다 훨씬 여자아이 같은데 남자로 있을 것을 강요당해왔다. 얼마나 고생이 컸을까.

"아버지가 화내셨어?"

"응. 하지만 마지막에는 이해해주셨어. 내가 열심히 '정말로 멋진 사람이야'라고 얘기했더니, '네가 그렇게까지 말한다면 믿을 수 있는 소년이겠지', '히노모리의 수호신 · 【황룡】을 이어받은 이상 지금의 당주는 너다. 그 의사를 존중하겠다'고 하셨어."

마음이 아프다. 조만간 나는 최종 보스로서 류가 앞을 가로막을 예정이건만. 뒤에서 남몰래 사도를 찾고 있건만. 아버님께 엉덩이를 걷어차여도 불평은 못 하겠다.

'그나저나 드디어 취급이 진짜 남자 친구가 되었군. 쿄카도 쿠로가메도 우리가 정말로 사귄다고 생각하는 것 같고……'

나도 모르게 한숨을 쉬자 갑자기 류가가 별이 가득한 하늘에서 내 쪽으로 시선을 돌렸다.

가까움 거리에서 본 그 눈동자는 머리 위에서 빛나는 별들보다 훨씬 예뻤다.

"저기, 이치로."

"뭐, 뭐야?"

"혹시 요새…… 무슨 고민 있어?"

마음을 꿰뚫어 본 것 같은 한마디에 나는 눈에 띄게 움찔했다.

반사적으로 류가에게서 시선을 피하고 "아니, 별로……"라고 대답을 흐리자 그녀는 미소 지으며 내 손을 살짝 쥐었다.

"알아. 나는 일단 여자 친구니까. 낮에도 텐션이 좀 이상했고."

그건 내가 아니지만 변명의 여지는 없다. 도철의 부주의는 나의 부주의다.

"나한테도 숨기는 일은 말하지 못하는 일이겠지. 그러니까 억지로 묻지 않을게."

예전에 내가 그녀에게 한 말이다.

여자아이라는 사실을 숨기고 있던 류가에게 내가 한 말이었다.

"나는 무슨 일이 있어도 이치로의 연인이니까. 이치로 편이니까."

이 말도 익숙하다. 내 마음을 죄책감이라는 나이프가 푹푹 찌른다. 다만 '연인'이란 부분은 되도록 '연인 역할'로 해주면 좋았겠다.

'크으으으~! 한결같이 마음씨가 비단결이에요! 류가땅은 성격도 배꼽도 만점이에요!'

그때 머릿속에서 도철의 목소리가 들렸다. 아직 안 잤냐.

'자, 나리! 역시 최종 보스 따위 그만두죠! 류가땅을 배신하다니 귀신이나 악마나 마신이 할 짓이에요!'

바로 그 세 번째다.

그렇다, 나는── 【마신】의 그릇이다. 최종 보스 중 한 사람이다.

나는 류가를 위해서도, 제2부를 성립시켜야 한다. 이야기를 드라마틱하게 띄우고 나서 나도 도철에게 해방되어야 한다. 그 때문에 마음 아프게 하는 것은 괴롭지만……이것도 '주인공'이라는 히노모리 류가의 숙명이겠지.

'류가에게는 미안하지만 나는 내가 정한 길을 가겠어. 이 역할을 완수하겠어.'

단 맹세할 수 있다. 나는 류가를 패배하게 하지 않겠다. 여차할 때는 입장이나 목숨 따위를 버려서라도 그녀를 도울 작정이다.

무슨 일이 있어도 네 편—— 나도 그 생각에 단돈 한 푼도 거짓은 없으니까.

"미안해 류가. 지금은 사정을 이야기할 수 없어……. 하지만 괜찮아."

"응?"

"반드시 해피엔딩이 될 테니까. 마지막에는 반드시 네게로 돌아올 거니까."

"후후, 이상해."

내 진지한 눈빛에 류가가 쿡 하고 웃는다. 그리고.

"나도 괜찮아. 이치로를 누구보다도 믿으니까."

그렇게 말하고는 그대로 눈을 감았다.

혹시 이건—— 키스? 키스인가? 아무리 그래도 그건 안 된다. 더 이상 단순한 수행으로는 끝나지 않게 된다! 과장 없이 연인이 되어버린다!

"괜찮아 이치로. 연극에서도…… 키스신은 있으니까."

류가가 뺨을 붉히면서 속삭인 말에 내 온몸에서 단숨에 땀이 분출된다. 심장이 쿵쿵 날뛴다. 침이 샘솟는다.

그녀가 그렇게 말한다면 괜찮을까? 여기서 키스해도 친

구 캐릭터로 돌아갈 수 있을까? 그렇게 간단히 서로 납득할 수 있을까?

'아아─! 싫어어어─! 류가따아아앙!'

'조용히 해 텟짱! 나도 망설이고 있다고! 살면서 톱클래스로 망설이고 있다고!'

'속지 마! 나리는 최종 보스야! 나쁜 사람이야아아─!'

'네가 말하지 마! 주인공을 걱정하지 마!'

류가를 기다리게 한 채 머릿속에서 도철과 난동을 부린다.

그러고 있자 류가의 입술이 살짝 꼭 오므라들었다. '빨리'라는 재촉인가.

'아, 하지만 류가땅이 나리와 키스하면 나랑도 간접 키스가 되나? 그러면 괜찮을지도⋯⋯.'

'초등학생이냐!'

'어쨌거나 망설일 시간은 없어요. 여기서 거부하면 류가땅이 상처 입는다구요? 합시다, 나리!'

'재촉하지 마! 판단을 잘못하면 되돌릴 수가 없어!'

그러나 도철의 말에도 일리가 있다. 틀림없이 있다.

가볍게, 정말로 가볍게 츄 하는 정도라면 세이프 아닐까. 세이프일지도.

'아니야 성급하지 마! 번뇌여 물러가라! 사념을 떨치는 거야 성자 · 이치로!'

자신을 질타하면서도 어느새 내 양손은 류가의 어깨를 잡고 있었다. 어차피 평범한 인간이었다.

하늘에 가득한 별들이 지켜보는 이 상황…… 확실히 히로인의 키스신에는 안성맞춤이다. 그런 변명에 떠밀려 얼굴이 점점 류가에게 다가간다.

　서로 입술이 이제 1센티미터까지 가까워진 그 순간.

　"에, 에, 에이취!"

　갑자기 등 뒤에서 그런 성대한 재채기 소리가 들렸다.

　"!"

　나와 류가는 동시에 눈을 뜨고 화들짝 놀라서 뒤돌아보았다.

　그러자 그곳에는── 산장 문틈으로 이쪽을 엿보는 쿄카와 쿠로가메가 보였다. 토템 폴처럼 머리가 세로로 두 개 나란히 있었다.

　"쿄, 쿄카! 리나도! 자는 거 아니었어?"

　류가가 순식간에 당황해서 나한테서 확 떨어진다.

　나는 아직 굳은 상태에서 벗어나지 못한 채 뾰족하게 튀어나온 입으로 두 사람을 눈을 크게 뜨고 바라보았다.

　"저, 정말로 리나 언니! 이런 중요한 때에!"

　"아이쿠~. 미안."

　쿄카에게 한 소리 들은 쿠로가메가 머리를 긁적였다.

　그 대화로 보아 재채기는 쿠로가메가 한 모양이다. 설마 지켜보고 있었던 게 하늘에 가득한 별만이 아니었다니……!

　"아, 아, 아니야! 키스 같은 거 안 했어! 그냥 서로 노려본 거야!"

목과 양손을 흔들며 필사로 허둥지둥 얼버무리는 류가.
머리에서 증기가 나올 것처럼 귀까지 새빨갰다.

'나리. 저 거북이 죽여버릴깝쇼?'

'그만둬. 저딴 거북이라도 류가의 동료 캐릭터야.'

……이걸로 잘된 건지도 모른다. 오히려 끝을 맺어준 쿠
로가메에게 감사해야 할지도 모른다.

나는 그녀에게 도움을 받았다. 잔잔하게 끝나는 것보다
시끌시끌하게 끝나는 편이 일상 파트로서도 건전하다. 역
시 여주인공의 입술은 연극 같은 거로 빼앗아서는 안 된다.

"쿄카. 이 일은 절대로 아버지께는 말하면——."

그때 나는 여전히 평정을 잃은 류가의 어깨에 뭔가가 놓
여 있는 것을 깨달았다.

코믹컬한 조형의 귀여운 미니 용이었다. 그 녀석이 내
쪽으로 얼굴을 돌리고 크르르 하고 위협하듯이 울었다.

그건—— 류가의 수호신 【황룡】이었다. 또 다른 이름은
론땅이다.

'설마 이 녀석, 텟짱의 기척을 감지한 건가……?'

가능성은 있다. 수호신도 마신도 같은 신이다. 넓은 의
미로 동족이라 할 수 있다.

그렇다면 다소 위험하다. 류가와 만나는 건 앞으로 한동
안 피하는 편이 좋을지도 모르겠다.

"류짱. 우리는 신경 쓰지 말고 잇군이랑 계속해."

"계속할 거 없다니까!"

"미안해 언니. 첫키스는 별 하늘 아래에서 하겠다고 늘 말했는데……. 이루어질 뻔했는데……."

"쿄카, 폭로하지 마!"

이리하여 산속의 밤은 깊어 간다.

나와 류가의 첫키스는 미수로 끝났다.

5

이튿날. 우리는 오전에 잠깐 강에서 놀고 점심때가 못 되어 산을 내려갔다.

갈 때와 달리 천천히 도보로 산기슭으로 가서 평범하게 전철을 탄다. 가는 길에도 류가는 줄곧 여동생과 거북이에게 놀림을 당해 삐친 듯이 부루퉁해 있었다.

"언니, 걱정하지 마. 아빠한테는 말하지 않을게."

"우우……."

"다른 애들한테도 말하지 않을게!"

"우우~……."

주변에는 다른 승객도 있어서 남자 모드인 류가는 계속 신음 소리만 냈다. 나는 그런 그녀에게 속닥속닥 귓속말로 "류가, 안짱다리가 됐어"라고 주의를 주었다.

……이러쿵저러쿵해서 우리 동네 역에 도착해 개찰구를 나와서 해산했다. 해산했다지만 그녀들은 이웃에 사니까 헤어진 사람은 나뿐이다.

'야아~, 아쉽게 됐네요, 나리. 조금만 더 다가갔으면 류가땅과 키스할 수 있었을 텐데.'

'이걸로 된 거야. 나는 친구 캐릭터니까.'

집으로 향하면서 도철과 시시한 머릿속 토크를 나누었다.

아직 저녁 전이라서 돌아가서 잠시 쉬고 시내로 나가보자. 사도 찾기를 빼먹을 수는 없다. 벌써 8월이 코앞, 여름 방학은 시시각각 지나고 있다.

'알겠지, 텟짱. 약속대로 제대로 최종 보스를 맡는 거야.'

'그건 알지만……. 간계보다 데이트 플랜을 짜지 않으실래요? 고2의 여름 류가땅은 두 번 다시 돌아오지 않는다구요?'

'안 돼. 한동안 류가를 만나는 걸 자제한다. 론땅이 네 존재를 알아챌 우려가…….'

이윽고 길 끝에 우리 집이 보였을 때. 나는 걸음을 우뚝 멈추었다.

"어라?"

무슨 영문인지 집에 불이 켜져 있었다. 잘 보니 2층 창문도 열려 있고 마당에는 빨래도 널려 있었다.

……문을 잘 잠갔는지 확인하고 왔다. 불도 끈 기억이 있다. 빨래도 사흘 치쯤 묵혀 둔 채였다.

"설마 엄마 아빠가 돌아왔나?"

나는 바로 달려가 집으로 갔다.

우리 부모님은 맞벌이다. 게다가 두 분 다 가정을 돌보지 않는 워커홀릭이다. 골동 미술을 다루는 일을 하고 있으며 둘이서 끊임없이 세계 각지를 돌아다닌다. 이미 반년 가까이 얼굴을 보지 않았고 이전 통화로도 "올해 안에는 돌아오지 못한다"고 했는데……

'응? 나리, 집에 누가 있는뎁쇼.'

현관 앞까지 왔을 때 그제야 도철이 말한다.

그런 건 벌써 알고 있다. 문을 당기자 잠겨 있지도 않았으니까.

'기척이 셋이네요. 전부 여자 같습니다.'

'여자……?'

들어선 현관 안에는 정말로 세 쌍의 신발이 있었다. 로퍼와 하이힐과 작은 레인부츠……. 전혀 통일성이 없는 신발들이 나란히 놓여 있었다.

물론 나에게는 여자 형제는 없다. 여자인 소꿉친구도 없고 따로 사는 아내도 없다.

'그렇다면 혹시── 히로인들이? 이건 유키미야, 아오가사키, 엘미라의 신발 아냐? 각자 밀회하던 걸 들킨 거야?'

그런 걱정에 전율했지만 내 억측은 틀렸다.

"──아, 어서 와."

부엌 쪽에서 밝은 목소리와 함께 종종종 나온 사람은…… 히로인들 중 누구도 아니었다.

이 주변에서는 별로 본 적 없는 교복을 입고 앞치마를 두른 미소녀다. 머리카락을 옆으로 묶었고 기가 세 보이는 위로 올라간 눈꼬리가 인상적이다. 마른 체형이지만 가슴은 있는지 옷 너머로도 볼륨이 확인되었다.

"너는⋯⋯."

"참, 어디 갔었어. 오늘도 동네방네 수색하며 돌아다녔지?"

양손을 허리에 대고 불평하는 그 소녀를 나는 알고 있었다.

미온이었다.

인류의 적인 '나락의 사도', 본체가 백로형인 제1부 최종 전투 이후 줄곧 행방을 알 수 없던 그 여자 간부였다.

"⋯⋯이봐, 우리 집에서 뭐 해."

"뭘 하는 게 아니야. 이치로 군이야말로 뭐한 거야? 아무튼 그건 됐고."

미온은 그렇게 말하면서 그 자리에서 한쪽 무릎을 꿇었다. 이어서 고개를 깊이 숙이고 새삼스레 얌전한목소리로 말한다.

"부활 감축드립니다. 【마신】 도철 님."

"어——."

"인사가 늦어서 면목 없습니다. 설마 이토록 빨리 다음 【마신】님이 눈을 뜨실 줄은 생각지 못한 터라⋯⋯. 옆 현으로 일시 후퇴해 있었습니다."

내가 아니라 명백히 '내 안에 있는 존재'를 향한 말이었다.

다시 말해 미온은 이미 알고 있는 것이다. 제2부의 【마신】

이 여기에 있음을. 내가 그 그릇임을.

"너, 너, 어떻게 그걸."

"이치로 군이 【마신】님의 빙의체라니, 나도 전혀 알아채지 못했어. 하지만 우리에게는 그런 기척에 무척 민감한 동료가 있어서……. 두 사람! 도철 님이 돌아오셨어! 꾸물거리지 마!"

당황하는 나를 내버려 두고 미온이 질책하듯이 안쪽에 외쳤다.

그러자 거실에서 두 여자가 얼굴을 내밀고 서둘러 현관까지 나왔다

"도철 님, 오랜만이옵니다."

"어서 오쩨요."

처음 보는 두 사람도 미온을 따라 나를 받든다.

한 사람은 긴 금발 머리를 한 이십 대 초반인 듯한 요염한 미녀. 직장 여성처럼 정장 차림이지만, 타이트스커트가 매우 짧고 아슬아슬하다. 블라우스가 터질 듯한 큰 가슴은 내가 본 가운데에서도 최대급이었다.

또 한 명은 유치원생 같은 바가지 머리를 한 어린 여자아이. 빨갛고 작은 가방을 크로스로 멨으며 안에서 소프트비닐 괴수가 얼굴을 내밀고 있다. 다소 표정이 없고 말을 잘 못하지만 이쪽도 이목구비가 아주 뚜렷한 미인이다. 장래가 매우 기대된다.

"어, 이 사람들은……?"

물으려던 찰나. 내 뒤에 도철이 모습을 드러냈다.

실체화한 【마신】은 내 옆에 서더니 무릎을 꿇는 세 여자에게 한 손을 척 들었다.

"오, 그대들 오랜만이군."

스스럼없는 【마신】의 인사에 세 사람이 "예" 하고 한목소리를 냈다.

현관에서 한쪽 무릎을 꿇은 여고생과 직장 여성과 유치원생. 그 모습을 내려다보는 똑같은 얼굴을 한 매력이라곤 없는 소년 두 명…… 상당히 초현실적인 광경이다.

"이쪽에서 너희가 세 명 다 모인 일이 지금까지 있던가?"

"아니오. 이번이 처음입니다."

도철의 물음에 미온이 즉답한다. 나를 향한 거리낌 없는 태도와는 완전 달랐다.

미온이 예의를 차리는 것도 당연하다 할 수 있다. 이런 놈이라도 도철은 일단 【마신】이니까. 혼돈이 소멸한 지금, 궁기와 도올도 없는 지금, 그가 유일한 왕이기 때문이다.

"그래, 처음인가. 이렇게 보니 그대들도 세 자매 같군. 이쪽에서도 웬만큼 팬이 생길 것 같아."

"예, 황공하옵니다……."

껄껄 웃는 도철과 당혹스러워하면서도 예의 바르게 대답하는 미온.

그 옆에서는 직장 여성과 유치원생이 의아한 표정으로 마주 보고 있다.

"왠지 【마신】님…… 옛날과 느낌이 달라져쭙니다. 위엄이 없쭙니다."

"쉿. 그런 말 하면 안 돼. 아마도 또 숙주에게 영향을 받아 버린 거야."

그런 은밀한 대화를 알아채지 못한 채 도철은 나를 향해 엄지를 척 세웠다.

"나리, 잘됐네요. 부하를 얻었다구요."

"어, 엉……."

"이 녀석들 이래 보여도 꽤 강합죠. 잔챙이 백 명을 모으기보다 훨씬 이득입죠."

도철의 말에 미온이 "그러면 다시 한번." 하고 고개를 들었다. 동시에 다른 두 사람도 이쪽을 올려다본다.

"'나락의 삼 공주' 중 한 사람, 미온."

"마찬가지로 주리."

"마찬가지로 키키."

그대로 세 여자는 번갈아 가며 차례차례 말을 이었다.

"저희 삼 공주, 앞으로 도철 님을 섬기겠습니다."

"부디 곁에 있게 해주셔요. 파괴 활동, 취사 세탁, 잠자리 시중에 이르기까지 전부 저희에게 맡기셔요."

"달리 살 곳이 업쭙니다."

"명령하실 일이 있다면 무엇이든 말씀하십시오."

"부디 자신의 수족처럼 가정부처럼 러브돌처럼."

"그럼 텔레비전을 계속 보고 오게쭙니다."

미온, 주리, 키키―― '나락의 사도'가 자랑하는 일기당천의 '적 캐릭터'들.

찾고 있던 사도를 예기치 않게 찾았다. 게다가 간부급이 세 사람이나.

"아, 이치로 군. 우리의 개인 방은 마음대로 정했는데 그래도 될까?"

"…………."

그리고 더부살이하려 하고 있다.

6

커튼 틈으로 비쳐드는 아침 햇살이 눈에 부셔서 나는 잠에서 깼다.

잠에 취한 의식 가운데 먼저 시야에 들어온 건 천장과 형광등. 이어서 벽에 걸린 둥그런 시계. 여기가 어디인지 확인할 것도 없다. 익숙한 우리 집, 내 방이다.

'아직 7시인가……. 일어나기에는 좀 이르군.'

모처럼 여름방학이다. 앞으로 두 시간쯤 자도 되겠지. 이제 필사로 사도 찾기를 할 필요는 없으니까.

……어제. 나는 생각지 못하게 사도 셋과 만날 수 있었다. 집에 돌아오니 멋대로 우리 집에 정착해 있었다.

듣자 하니 내가 치가야마산에 간 그날 점심에 여기를 찾아온 모양이다. 그리고 마당의 화분에 숨겨놓은 열쇠를 발견한 듯하다. 그렇다고 들어와도 되는 건 아니라고 생각한다만.

'뻔뻔한 녀석들이지만 겨우 얻은 전력이야. 그것도 상당히 거물들이다.'

그녀들은 '나락의 삼 공주'라 불리는 톱클래스 실력을 지닌 간부 캐릭터다.

사도들에게도 힘에 따라서 '병졸', '부대장', '장군' 같은 격이 있고 세 사람은 얼마 없는 '장군'이라는 것이다.

백로형 미온.

킹코브라형 주리.

에조늑대형 키키.

베이스가 된 생물도 상당히 멋지다. 전투력은 아오가사키와 호각으로 겨룬 미온을 보면 의심할 여지가 없다. 주리와 키키도 거의 비슷하게 강하다고 하니까 실로 믿음직한 부하들이다.

'겉모습으로 보면 장녀가 주리고 미온이 둘째, 키키가 셋째 같군.'

단 그녀들은 실제 자매가 아니다. 애초에 사도에게는 혈연이라는 개념이 없다고 한다. 삼 공주라 불리는 이유는 단순히 '사이좋은 삼인조'이기 때문이다.

사이좋은…… 사도에게는 그다지 쓰지 말았으면 하는 단어다.

'그래도 그 세 사람이 있으면 당분간은 해나갈 수 있겠

지. 하지만 더 이상은 집의 방 수가 모자라. 가계적으로도 한계야.'

제2부는 소수정예로 가기로 하자. 제1부에서는 백 명 이상의 사도가 나왔으므로 차별화를 꾀하는 의미로도 그러는 편이 좋다고 본다. 양보다 질이다.

'이걸로 드디어 적 세력의 지반이 다져졌다. 그러면 문제는 텟짱이로군. 그 녀석 여전히 최종 보스를 할 마음이 없는 것 같은데……'

그런 생각을 하면서 몸을 옆으로 굴리자.

──그곳에 여자가 있었다.

금발의 긴 머리, 여배우처럼 예쁜 누나가 바로 코앞에서 새근새근 잠들어 있었다. 그것도 알몸으로.

"와, 와아아아아아아아─!"

소리 지르면서 펄쩍 뛰며 물러나는 바람에 나는 침대에서 굴러떨어졌다.

바닥에 뒤통수를 부딪쳐 그래도 간신히 일어나자, 그 기세로 책상 의자에 앉아버렸다. 그 의자 또한 기세에 휩쓸려 뒤집혀 이번에는 벽에 뒤통수를 부딪치는 결말이 되었다.

연속으로 저먼 슈플렉스 홀드를 먹은 기분이었다.

"아야, 야……."

한동안 기절해 있자 침대의 여자가 몸을 벌떡 일으켰다. 동시에 엄청난 가슴이 출렁하고 흔들려 튕기듯이 위아래로 움직인다. ……뭐야 저 가슴은. 저만큼 큰데 어째서 늘어지지 않지? 중력이란 걸 모르는 건가?!

"아…… 안녕하세요, 이치로 님."

작게 하품하면서 그 여자── 주리가 생긋 웃는다.

흐트러진 머리카락이 이상하게 요염하다. 속눈썹은 길고 콧대는 높고, 민낯이라고는 생각할 수 없을 정도의 미모를 자랑한다. 하얀 허벅지는 매끈하고 포동포동했다.

"너, 너, 너, 뭐해! 왜 나랑 같은 침대에 있는 거야!"

외치면서 내 시선은 주리의 복부에 못 박혔다. 배꼽 페티쉬의 슬픈 천성인가.

"저희 주인이신 도철 님께 명령받았습니다. '나는 됐으니까 나리의 시중을 들라'고."

"뭐……."

"물론 그건 저희로서도 당연한 일. 이치로 님은 도철 님의 소중한 그릇……. 왕의 일부이시죠."

"아니, 그렇다고……."

"이 주리는 삼 공주 중에서 가장 '색'에 능합니다. 이치로 님의 쌓이고 쌓인 고2 남자다운 끝없는 성욕……. 그것을 다 받아들일 수 있는 것은 저 말고는 달리 없습니다."

"쓸데없는 참견이야!"

"대놓고 말하면 에로 담당입니다."

"너무 노골적이잖아! 됐으니까 가슴을 가려!"

내 반응을 즐기는 것처럼 주리가 키득키득 요염하게 웃

는다. 빨간 혀가 입술을 한번 훑었다.

"말씀은 그렇게 하셔도, 당장이라도 이성이 날아갈 것 같지 않나요?"

"크흐……!"

"중고생 남자의 머릿속은 90%가 '섹스', 나머지 10%가 '장래에 대한 막연한 불안'이 차지하고 있다고 들었습니다. 이치로 님도 예외가 아니죠?"

"중고생을 우습게 보지 마! 우리도 더 여러 가지를 생각한다고!"

"자신을 속여서는 안 됩니다. 실오라기 하나 걸치지 않는 저를 앞에 두고 틀림없이 당신은 생각하고 계실 터……. 언젠가 본 그 야동의 그 플레이를 재현해보고 싶다고."

"어느 야동의 어떤 플레이야!"

"안심하세요, 전부 응해 보이겠습니다. '나락의 삼 공주'란 이름을 걸고."

"그런 쓸데없는 사명감 넣어둬!"

내 지적을 전혀 개의치 않고 침대에 누워 요염하게 '교태'를 부리는 금발의 여자 치한. 엄청난 가슴이 다시 출렁 흔들렸다.

"자, 참지 마셔요. 욕정 하신다면 어서 능욕하시어요."

"욕정과 능욕에 존댓말을 붙이지 마!"

"아, 이종과의 음란물이 좋으시다면 사도 모습으로 돌아가지요."

"아침 댓바람부터 무슨 소리를 하는 거야, 너는!"

드디어 사도를 얻었건만…… 앞날이 몹시 걱정되었다.

그로부터 이십 분 넘게 분투한 끝에 간신히 주리에게 옷을 입힐 수 있었다.

가위바위보로 이길 때마다 팬티, 브래지어, 가터벨트, 스타킹을 입히고 질 때마다 다시 벗으며 삼십 번을 싸워 그녀를 정장 차림으로 돌리는 데 성공했다. 수수께끼의 '역·야구권(가위바위보로 옷을 벗는 게임)'이었다.

"우후후. 이치로 님은 고집이 세시군요. 하지만 내일은 지지 않겠어요."

"또 올 셈이냐……."

장난스럽게 웃는 주리를 데리고 계단을 내려와 부엌으로 간다. 아직 아침 8시가 되기 전인데 몹시 지치고 말았다.

……그런데 부엌에 가까워질수록 어쩐지 맛있을 것 같은 냄새가 풍겼다. 생선구이와 된장국 냄새다.

"아, 잘 잤어, 이치로 군."

얼굴을 내밀자 냄비의 된장국을 젓던 교복 차림 여고생이 국자를 젓던 손을 멈추고 인사한다. 앞치마를 두른 스타일 좋고 머리를 옆으로 묶은 소녀…… 미온이었다.

"안녕하쩨요, 이치로 남작."

이어서 그릇 하나하나에 밥을 담던 어린 소녀가 의자에서 일어나 고개를 꾸벅 숙였다. 여전히 표정이 적고 혀가 짧은 바가지 머리 어린애…… 키키였다.

"남작이란 호칭 뭐야. 작위를 받은 기억은 없어."

얼굴을 찌푸린 나에게 주리가 옆에서 설명해준다.

"최근에 배운 말인지 높은 사람에게 붙이면 된다고 생각하는 모양이에요. 음, 크게 신경 쓰지 마세요."

그동안에도 키키는 식탁에 젓가락을 놓고 주전자에 따뜻한 물을 붓고, 쫄래쫄래 아침 식사 차리는 것을 열심히 도왔다.

정말로 얘는 장군일까. 전투가 가능할까. 보호자로서 유치원에 보내지 않아도 되는 걸까…….

그런 걱정에 사로잡혔지만 믿을 수밖에 없다. 도철의 잔류 사기를 따라 이 집을 알아낸 것도 에조늑대형 사도인 키키의 후각이라고 하니까.

"이치로 군. 곧 식사 준비 끝나니까 먼저 세수하고 와. 그리고 키키, 간장도 꺼내줘. 주리, 된장국을 날라."

척척 지시하는 미온을 향해 우리는 동시에 "네" 하고 대답한다. 뭐랄까, 착실한 둘째 느낌이다. 이게 원래 성격일까.

"생선보다 과자를 먹고 싶쭙니다."

"생선보다 이치로 님을 먹고 싶어. 성적인 의미로."

……그보다 첫째와 셋째가 지나치게 불안하다.

그로부터 얼마 지나지 않아 아침 준비가 끝나고 우리는 식탁을 둘러싸고 "잘 먹겠습니다" 하고 양손을 모았다.

생선구이도 된장국도 냄새와 걸맞게 무척 맛있었다. 설마 미온이 이토록 여성스러운 사도일 줄이야…… 살뜰하기만 한 게 아니었던 건가.

"역시 미온이 직접 만든 요리는 끝내주네."

"마싯쪄요."

"그러지 말고 너희도 집안일 하나쯤 배워. 늘 나에게 다 맡기지 말고."

미온의 설교에 주리와 키키가 혀를 삐죽 내민다. 악의 무리라 생각하기 힘든 단란한 식탁이다.

참고로 도철은 이 자리에 없다.

아무래도 아직 내 안에서 자는지 아무리 불러도 반응이 없었다. 밤늦게까지 텔레비전 게임을 한 탓이겠지.

"그건 그렇고 난처하네요……. 설마 도철 님께서 세상을 멸망시킬 뜻이 없으시다니."

모두의 식사가 대충 끝났을 무렵. 미온이 컵을 한 손에 들고 그렇게 말하며 한숨을 쉬었다.

도철에게 최종 보스의 의욕이 없다는 사실은 이미 삼 공주에게도 전했다. 그녀들의 설득이라면 들어줄까 기대했다만……. 역시 무리였던 모양이다.

"글쎄, 미온. 그렇다면 우리의 독단으로 움직이면 어때? 히노모리 류가를 쓰러뜨리기 전에 먼저 사신을 처리하자."

사도다운 주리의 발언에 미온은 난색을 표했다.

"하지만 우리에게 【마신】 님의 의사는 절대적이야. 도철 님은 싸우기를 바라시지 않아. 그런데 멋대로 싸울 수는……."

"그럼 키키는 인간과 사이조케 지냄미까?"

키키가 묻자 미온과 주리가 얼굴을 마주하고 입을 다물어버렸다. 이윽고 두 사람이 함께 "저항감 있네……"라며 씁쓸하게 중얼거렸다.

그런 대화를 한바탕 들은 다음.

이러지도 저러지도 못하는 삼 공주에게 나는 천천히 입을 열었다.

"아니. 우리 '나락의 사도'는 세계의 멸망이야말로 숙원…… 그것을 잊어서는 안 돼."

세 사람의 시선이 나에게 쏠린다. 지푸라기라도 잡는 듯한 눈빛이었다.

"텟짱은 내가 끈기 있게 설득할게. 일단 맡겨줘. 그건 그렇고 너네, 다른 사도와는 합류하지 않았어?"

내 질문에 미온이 대표하듯이 대답한다.

"유감스럽지만 우리뿐이야. 사도는 지난번 전투로 대부분 당해버렸으니까. 몇이나 남았을지……."

"그렇구나. 텟짱의 그릇이 된 뒤로 나도 사도를 찾아봤지만……. 유일하게 발견한 버팔로형은 적에게 당해버렸어."

"버팔로형? 그거 아마 고블이겠지?"

미온이 확인하듯이 금발 사도에게 묻는다.

질문을 받은 주리는 잠시 뜸을 들이고는 떠오른 듯이 손뼉을 짝 쳤다.

"아아, 고블 말이지. 분명히 내 병졸이야. 어머나 싫다."

자신의 부하를 파악하고 있지 않다니 상당히 통탄스럽다. '어머나 싫다'로 정리된 고블에게 동정을 금할 길 없다.

'음, 이 녀석들에게는 그렇게까지 슬퍼할 일이 아닐지도 모르지.'

어제 그녀들에게 들은 바로는…… '나락의 사도'는 이쪽 세계에서 '죽는' 일은 없다고 한다.

그들은 치명상을 입으면 사체가 녹아서 소멸한다. 나도 몇 번이나 목격한 현상이지만 엄밀히 말하면 그건 '이쪽에서 존재를 유지할 수 없게 되어 혼이 저쪽 세상으로 송환된' 상태인 모양이다.

자신들의 세계로 돌아간 혼은 다시 시간이 흘러 자기의 육체를 되찾는다. 단 그러기 위해서는 이백 년쯤 걸린다고 하며 그동안은 잠드는 수밖에 없다……. 힘을 비축하지 못하면 부활할 수 없는 원리는【마신】과 비슷한 것 같다.

"이치로 군. 만약 아직 살아남은 사도가 있다면 그 녀석들도 반드시 이 동네로 모일 거야. 여기는【마신】님들이 잠든 성지인걸."

그러고 보니 류가도 그런 소리를 했던가. '한때 우리 선조님들이 몇 번이고【마신】을 봉인한 장소…… 그게 이 도시니까'라고.

"도철 남작이 이계의 문을 열 수 있다면 저쪽 친구들을 부를 슈 이쭙니다."

"키키, 친구가 아니지? 제대로 부하라고 말해."

똑 부러진 둘째가 셋째를 "떼끼" 하고 나무랐다. 아무래도 장군으로서의 자각이 있는 건 미온뿐인 듯하다.

도철뿐만 아니라 먼저 삼 공주의 의식 개혁도 필요하겠다……. 그렇게 생각한 나는 컵을 식탁 위에 내려놓고 그녀들에게 말했다.

"잘 들어. 이런 말은 악의 조직에게 자주 하는 말이지만 너희는 조금 더 통솔력을 배워야 한다고 봐. 스탠드 플레이 끝에 각개 격파당하는 일을 반복한다……. 그건 어리석은 계책이야."

"사도는 결속이 없으니까."

"장군인 우리가 하면 안 될 말이지만."

"프리덤이쥬."

동시에 머리를 긁적이는 삼 공주에게 나는 다시 선언한다.

"도철 군은 지금까지와 같은 전철을 밟게 할 수 없어. 쓸데없는 희생은 내지 않고 모두가 연대해서 처리하는 방침을 장려한다. One for All · All for One의 정신이다."

삼 공주가 "네에" 하고 한목소리로 대답한다. 역시 이런 말은 모르나.

"텟짱이 이 꼴인 이상 당장은 내가 지휘를 맡지. 내가 됐다고 할 때까지 개인행동은 금지한다. 그래도 괜찮겠어?"

미온과 키키는 고개를 끄덕여준 한편, 주리만이 "하오

나……"라며 다소 불만인 듯했다.

"도철 님이 의욕이 생기셨을 때를 위해서라도 적 전력을 한 사람이라도 줄여두어야 하지 않을까요? 이 주리에게 맡기시면──."

"안 돼. 움직일 때는 전원이 계획적으로 해야 해."

괜히 전투를 벌여 부상자가 나오는 건 참을 수 없다. 동네에 피해가 미치는 것도 곤란하다.

제1부의 최종 전투로 엄청난 혼란이 일어난 이후로 경찰 모습이 자주 눈에 띈다. 다행히 이 동네는 괴사건이 자주 일어나므로 사람들은 완전히 익숙해진 모양이다만……. 되도록 조금 더 관심이 사그라지면 좋겠다.

"주리. 이치로 군의 말은 도철 님의 말씀이나 마찬가지 야. 우리는 이쪽의 일을 잘 모르니 지금은 지시에 따르자."

"이치로 남작을 따르게쯤니다."

둘째와 셋째가 타이르자 첫째도 마지못해 "……알았어. 이럴 때는 다수결이지"라며 이해해주었다. 의외로 민주적 인 녀석들이라 다행이었다.

삼 공주의 동의를 얻었으니 나는 의자에서 일어나 회의 를 마무리 짓는다.

"너희 세 사람은 내 친척으로 해두겠어. 이웃 사람을 만 나면 인사를 잊지 마."

삼 공주가 "옛" 하고 한목소리로 대답함과 동시에 벽시 계가 댕 하고 한 번 울렸다.

아직 8시 반이다.

3장 흑막 프로젝트

1

그 뒤로 나는 마음먹고 제2부의 구성을 짰다.

머릿속에 그린 줄거리는 크게 나누어 사 단계. 각본의 노하우 따위 없으므로 알기 쉬운 기승전결로 진행하기로 했다.

제1단계── 먼저 류가와 히로인들이 도철의 부활을 알게 한다.

일단 미온을 이용해 이미 【마신】의 그릇을 발견했다는 사실을 고하게 하자. 빙의체는 대체 어디의 누구인가……. 그 수수께끼부터 제2부는 본격적으로 시작한다.

'어차피 미온을 움직인다면 아오가사키 선배 쪽에 시비를 걸어볼까. 두 사람은 얼굴도 아는 사이고 다시금 라이벌 의식을 돈독하게 만들자.'

제2단계── 새로운 적 캐릭터·주리와 키키의 첫선.

미온에 이어 '나락의 삼 공주'가 등장해 도철 진영의 충실함을 보여준다. 그리고 류가와 히로인들에게 '이번 상대는 상당히 강적이다'라고 위기감을 품게 하자.

'삼 공주의 실력이라면 류가 외에는 호각으로 겨룰 거야. 이렇게 되면 이쪽의 사람 수 부족이 고민스럽군……. 저쪽의 수호신이 넷이니까 이쪽도 사 공주면 딱인데.'

제3단계—— 그런 가운데 마침내 도철의 그릇이 코바야 시 이치로임이 밝혀진다.

그 충격적인 사실에 경악하는 류가. 마찬가지로 넋이 나 간 유키미야, 아오가사키, 엘미라. 쿠로가메만은 플래그가 서지 않았으므로 "아, 그렇구나"로 끝날지도 모르겠지만.

'그 거북이는 아무리 생각해도 쓸데없어⋯⋯. 그래도 한 명쯤 나와의 전투를 주저하지 않는 녀석은 필요하겠지. 그 런 의미로는 그녀는 제2부의 열쇠가 될 캐릭터일 수도 있 겠어.'

그리고 제4단계—— 운명의 최종 결전.

격투 끝에 도철은 쓰러지고 나는 【마신】의 그릇에서 해 방된다. 눈을 뜬 나는 류가와 히로인들이 이능력자라는 사 실도 류가가 여자라는 사실도 히로인들과의 플래그도 전 부 잊어버린다.

'완전히 일반인으로 돌아간 나는 류가의 친구 캐릭터로 다시 원상태로 돌아간다. 그리고 이야기는 제3부로⋯⋯. 이러면 되겠지.'

이 구상대로 가면 나로서는 더 바랄 것이 없다.

뭣하면 제1부의 쿄카처럼 최종 전투에서 【마신】의 지배 에 살짝 저항해봐도 된다. 어디까지나 나 자신의 마음은 류가 편에 있다고 어필하기 위해서.

'이제 와서는 류가의 코스튬 플레이가 볼 수 없어지는 것 에 약간의 아쉬움을 느끼지만⋯⋯. 그건 포기하는 수밖에

없어. 모든 플래그를 없애려면 달리 길은 없어.'

참고로 나는 이 제2부에 자신 안에서 몇 가지 수칙을 세웠다.

하나. 양 진영의 정보를 상대편에 발설하지 않는다. 이 부분은 공평함을 기해야 한다.

하나. 제2부 동안은 사도들에게 인간에 대한 폭행 및 도를 지나친 파괴 활동을 금지한다. 내가 친구 캐릭터로 돌아가기 어려워지지 않도록.

하나. 양 진영에서 희생자가 나오는 것도 피한다. 사도를 잃는 일 없이 다음 【마신】에게 전력을 물려주고 싶다. 되도록 여름방학 안에.

'괜찮아. 나라면 할 수 있어. 반드시 결과로 연결해보겠어!'

……그런 투지를 불태우고 있었건만.

그러나 나는 며칠 동안 또다시 제자리걸음을 하게 되었다.

모처럼 움직일 태세를 갖추었는데 다시 히로인들의 초대 공격을 받은 것이다.

8월 1일.

나는 유키미야가 불러내 호화여객선에서 사교 파티를 함께 했다.

게다가 어째서인지 세바스찬과 마찬가지로 연미복을 입

고 그와 함께 줄곧 유키미야를 따라다니는 수수께끼의 역할이었다. 아니, 이거 완전히 집사잖아.

"안녕하세요, 시오리 씨. 어머나, 집사가 늘었나요?"

"네. 세바스찬이 '빨리 자신의 후계자를 길러두고 싶다'고 해서……. 아직 수습이지만 앞으로 잘 부탁드려요."

반짝반짝하게 차려입은 부유층 아주머니에게 유키미야가 무시무시한 대답을 했다. 어이, 내 취직자리를 멋대로 결정하는 거 아니야.

"그리고 보니 유키미야 회장님의 사모님도 예전에는 비서였지요. 그럼 시오리 씨도 그럴 생각으로?"

"후후, 글쎄요."

의미심장한 대답과 함께 우아하게 웃는 유키미야.

당장 부정하고 싶었지만 집사가 대화에 끼어들 수는 없다. 주어진 역할에 전력으로 몰두하고 만다……. 자신의 서브 캐릭터 기질이 원망스러웠다.

"──이런 일을 부탁드려서 죄송해요, 코바야시 님."

부유층 아주머니가 멀어지자 유키미야가 면목 없다는 듯이 사과했다.

등이 크게 파인 이브닝드레스가 매우 섹시하다. 옅지만 화장까지 해서 평소보다 상당히 어른스러워 보였다.

"하지만 이러지 않으면 아버지가 마음대로 다음 집사를 결정해버리셔서……."

"아, 그래. 어디까지나 페이크로구나. 그거라면 상관없어."

옆에 있던 세바스찬이 "저는 진심입니다만" 하고 저음으로 중얼거렸지만 묵살했다.

덧붙여 조금 전 유키미야의 부모님께도 인사했다. 생각보다 젊은, 그러나 'THE 지배계급'이란 분위기를 지닌 두 사람이었다.

이 호화여객선도 유키미야 집안 소유물인 듯하다. 사랑하는 딸이 '축명의 무녀'로서 이형 괴물과 싸우는 것을 한탄했지만 회사 그룹에서도 최대한 지원할 생각이라고 했다.

설마 류가의 부모님보다 빨리 인사하게 될 줄이야…….

"코바야시 님, 어깨의 힘을 빼세요. 예의는 신경 쓰지 않으셔도 돼요."

"알겠어. 어디까지나 페이크니까."

그러자 유키미야에게 또 다른 부유층 신사가 다가왔다.

유키미야는 테이블에 차려진 호화로운 요리를 집어 먹을 새도 없이 하는 수 없이 대응해야 했다. 아가씨도 어려운 역할이다.

"여, 시오리 양, 예뻐졌군……. 이쪽은 새로운 집사인가? 상당히 젊군."

"네. 그는 장차 유키미야 그룹의 중추를 짊어질 인재가 될 겁니다."

그 뒤에도 끊임없이 번갈아 가며 사람이 찾아와 일일이 내 얘기를 꺼냈다.

서른 명을 넘어섰을 무렵에는 유키미야도 질려버렸는지 내 소개에 점점 허풍이 붙었다.

"안녕하세요, 시오리 씨. 어머, 이 소년은 누구죠?"

"세바스찬의 외동아들입니다."

"Hello 시오리! 오우, 또 집사를 고용했어?"

"네. 그린베레 출신입니다."

"오랜만이군요, 시오리 씨. 이쪽은……."

"집사 로봇입니다."

내 프로필이 말도 안 되게 왜곡되고 있다. 말장난처럼 설정이 점점 부풀고 있다.

"아가씨는 농담 센스도 익히신 듯합니다."

세바스찬은 그렇게 말하며 나에게 미소 지었지만 역시 묵살했다.

8월 2일.

그날 아오가사키가 불러내 끝없이 쇼핑 순례를 함께 했다.

전철로 스무 역이나 떨어진 옆 도시까지 간다. 거기에 커다란 패션몰이 있기 때문이고, 아는 사람과 만나는 걸 피하기 위해서이기도 했다.

"코바야시! 저기 쇼윈도의 스커트 상당히 귀엽지 않나?!"

"네. 그 옆에 있는 옷도 괜찮네요."

"확실히…… 하지만 저건 길이가 너무 짧지 않나."

"아오가사키 선배의 예쁜 다리라면 문제없어요. 오늘 입은 섬머스웨터에도 어울릴 것 같아요."

"조금 부끄럽지만 코바야시가 그렇게 말한다면……. 좋아, 한번 입어보자!"

내 팔을 잡아끌고 가게로 돌입하는 아오가사키.

옆에서 보면 완전히 커플이다. 그것도 '왜 저런 미인에게 저런 남자가'라는 타입의 격차 커플이다.

아오가사키는 결국 그 치마가 마음에 들었는지 사기로 했다.

그 뒤에도 몇 가지를 더 샀지만 짐은 전부 내가 들었다. 이것도 정해진 사항이라고 생각하고 제안한 일이지만 아오가사키는 예상 이상으로 기뻐 보였다.

"나를 여자아이 취급해주는 건 너뿐이야. 역시 너는…… 나의 특별한 존재다."

"아, 아니. 남자라면 데이트할 때는 누구든 이렇게 해요."

"데, 데, 데이트? 역시 이건 데이트로구나?! 너도 그럴 마음이로구나?!"

"철회합니다! 쇼핑일 뿐이에요!"

정정은 듣지 않고 그 뒤로 아오가사키는 줄곧 나와 팔짱을 끼고 걸었다.

울적한 기분과는 반대로 팔꿈치에 닿는 옆 가슴에 행복

을 느낀다. 점원과의 대화를 훔쳐 듣기로는 놀랍게도 G컵이라고 한다. 주리의 I컵에는 못 미치지만 이 정도 레벨이면 만족도는 별로 차이나지 않는다.

"그렇지 코바야시. 여름방학 동안에 수영장에 가지 않을래? 수영복을 보여주겠다고 약속했었지?"

"저, 전처럼 도장이면 되지 않을까요……?"

"그러면 재미없잖아. 역시 수영복은 마땅한 장소에서 입어야 해."

"아오가사키 선배는 검도 훈련도 해야 하고……. 맞아요, 동네에 사도가 나타날 가능성도……."

"사도는 이제 거의 남아 있지 않아. 그저께 오랜만에 한 마리 쓰러뜨렸고."

"넷?"

"유감스럽게도 미온이 아니라 새우형 잔챙이였다만. 그러고 보니 리나도 공동묘지에서 버팔로형 잔챙이를 쓰러뜨렸다고 했어."

……설마 모르는 사이에 또 한 마리 사냥당했다니. 내가 우려하던 개인플레이로 인한 각개 격파다.

'그건 그렇고 아오가사키, 나를 향한 대시가 점점 노골적으로 변하는 듯한……. 옷 고르기도 유행이 아니라 내 취향으로 결정하는 것 같고.'

그런 우려를 하면서도 나는 아오가사키와 날이 저물 때까지 가게를 계속 돌아다녔다.

저녁을 먹은 후 동네로 돌아와 그녀를 집까지 바래다준다. 설마 아오가사키를 덮치는 목숨 아까운 줄 모르는 놈은 없겠지만 이것도 남자로서의 책무다.

　"후훗, 끝까지 나를 여자아이 취급하는구나. 무척 기쁘군."

　"아뇨. 절대로 다른 뜻은 없습니다."

　"이봐, 괜찮으면 너도 우리 집에서 검술을 배우지 않겠어? 그러면 날마다 만날 수 있고……."

　마지막에 볼을 붉히고 그렇게 말한 아오가사키를 보고 나는 충격에 휩싸였다.

　역시 그녀와의 플래그는 유난히 뚜렷해진 것 같은 기분을 떨칠 수가 없다.

　8월 3일.

　그날 엘미라가 학교로 불러내 또 피를 빨았다.

　다행히도 피는 적당히 빨아주었지만 그 뒤가 길었다. 아무래도 소설 집필이 막혔는지 그에 대한 상담을 해왔다.

　"드디어 지로가 류야의 아이를 임신해버렸는데……. 그 아이를 천사로 할지 악마로 할지 고민하고 있어요."

　"…………."

　"두 사람의 사랑의 결정이 꺼림칙한 악마였다── 본래대로라면 그게 왕도겠지만, 너무 흔한 전개 같기도 해서. 어떻게 하면 좋을까요……."

텅 빈 교실에서 책상에 턱을 괴고 탄식하는 엘미라.

천사인지 악마인지 이전에 어째서 남자끼리 아이가 생기는지를 설명해주기를 바란다. 이 녀석은 지로를 뭐라고 생각하는 거야.

"그럼 그냥 천마(天魔)라고 하면 되지 않을까?"

내 적당한 의견에 일미라가 "네?" 하고 눈을 동그랗게 떴다.

"다시 말해 천사이면서 악마이기도 하다⋯⋯. 그런 뜻인 가요?"

"그래. 어느 쪽이든 될 수 있는 존재란 걸로. 로봇이어도 괜찮을 것 같고."

"로봇은 둘째 치고 양속성은 좋을지도 모르겠네요."

엘미라가 곧바로 노트에 메모한다. 표정이 매우 기뻐 보였다.

"코바야시 이치로. 좀 더 아이디어를 내봐요. 생각나는 대로 아무거나 괜찮으니까!"

"음⋯⋯ 지로만 당하는 건 분하니까 류야에게도 아이를 낳게 하면 어때? 지로가 가능하다면 류야도 가능하겠지."

"어머, 리버시블이라니! 이거야말로 보이즈러브의 참맛이네요!"

⋯⋯그 뒤로 내가 의견을 낼 때마다 엘미라는 흥분했다.

나중에는 흥분해서 코피를 터뜨려 나는 다시 피를 빨리는 상황이 되었다. 이 무슨 쓸데없고 부당한 착취인가.

"우후후. 역시 코바야시 이치로는 믿음직하군요. 당신은 어쩌면 저의 베스트 파트너일지도 모르겠네요."

손수건으로 입가를 우아하게 닦으면서 엘미라가 생긋 미소 짓는다. 그 입술 틈에서 엄니 같은 작은 송곳니가 보였다 안 보였다 했다.

"그렇죠. 다음에 저의 집에 오세요. 오피스가 일등지에 있는 30층짜리 고급아파트예요. 야경이 끝내주죠."

……역시 이 녀석도 부자였나. 대강 그럴 것 같았다. 이 귀족틱한 캐릭터에 가난뱅이라면 좀 재미있었을 텐데.

"방해받지 않는 곳에서 밤새 회의를 하죠. 그리고 멋진 작품을 만드는 거예요! 지금까지 없었던 아이를 둘이서 만들어내죠!"

"오해를 부를 표현 쓰지 마! 여자애 집에 묵을 리가 있냐!"

"저와 아침 츄는 류가도 한 적이 없어요. 차라리 사귀어버릴까요? 우후후."

"안 웃겨!"

이러쿵저러쿵해서 내가 풀려난 건 저녁 8시가 다 된 시각이었다.

'안 돼……. 이대로는 러브 코미디만 하다가 여름방학이 끝나버리겠어…….'

사흘 연속 히로인들과의 밀회. 게다가 이 상태로는 앞으로도 종종 호출을 받을 가능성이 크다. 그리고 그만큼 확실히 사이도 깊어지고 만다.

그러지 않아도 계획이 지연되어 있는데 이 상황은 상당히 위험하다. 이래서야 언젠가 나는 히로인들과도 의사 연인 관계가 되기 십상이다. 나를 둘러싸고 주인공 쪽 관계에 균열이 생기기 십상이다.

그런 질척이는 애증극 따위 류가의 이야기에는 어울리지 않으리라.

'최종 보스는 생각보다 어렵구나……'

엄청난 피로감을 느끼며 무거운 발걸음으로 집으로 돌아가보니.

"이치로 군, 늦는다면 늦는다고 말해! 벌써 저녁 다 차렸다고! 다들 기다렸잖아!"

"애태우기라니 이치로 님은 테크니션이네요."

"극한까지 뱃가죽이 달라붙어쭙니다."

엎친 데 덮친 격으로 사도인 세 여자애에게 혼이 났다.

2

좀처럼 제2부가 시동하지 못하는 상황에 초조함이 쌓여가던 차.

나의 정신없이 바쁜 나날에 생각지도 못한 구원의 손이 내밀어졌다.

계기는 류가가 보낸 메시지. 내가 고민거리를 껴안고 있는 것을 산에서 알아챈 그녀는 '놀 마음이 없으면 한동안

무리해서 만나지 않아도 돼'라고 스스로 밀회를 삼갔다.

그게 주변에도 전해졌는지 다른 히로인들도 만나자는 연락이 뚝 끊겼다. 류가가 자중하는데 자신만 나를 불러낼 수는 없다……. 그렇게 생각해준 거겠지. 지금은 아오가사키가 가끔 기묘한 시를 메시지로 보내는 정도다.

'예기치 않게 주인공 쪽에서 기회가 생겼어. 이걸로 스토리를 진행할 수 있어!'

그렇다면 슬슬 나도 조금씩 악의 편린을 내보여야 한다.

정신이 【마신】에 지배당하고 있는 걸 차근차근 연출해야 한다.

일단 시험 삼아 무슨 나쁜 일이라도 해볼까……. 그렇게 생각했지만 구체적으로 뭘 하면 되는지 모르겠다.

신호를 무시한다거나, 노상방뇨나, 생각나는 건 맥 빠지는 행위뿐이다. 이럴 줄 알았으면 폭주족에라도 가입해둘 걸 그랬다. 외발자전거밖에 가지고 있지 않지만.

'이봐 텟짱. 어떻게 하면 좋겠어? 너는 과거에 어떤 나쁜 짓을 했어?'

산책 겸 동네를 어슬렁거리며 머릿속에 물어본다.

그러자 금방 도철에게 대답이 돌아왔다. 일어난 것 같다.

'그러네요. 제가 옛날에 한 짓은 산을 평지로 만들거나 바다를 사납게 만들거나……. 그리고 성이나 절을 파괴하고 불태운 걸깝쇼.'

'너, 꽤 나쁜 놈이구나…….'

'그리고 밭의 호박을 훔치거나 담에 '똥'이라고 낙서를 하거나.'

'스케일 격차가 장난 아니로군…….'

'요컨대 충동적으로 살아온 것입죠. 나리도 그러면 되지 않을깝쇼?'

……삼 공주에게 들은 바로는 이 도철은 사흉 중에서도 특히 자유분방하고 변덕스러운【마신】이라고 한다.

마음에 들지 않으면 부하도 용서 없이 때려눕히고, 그런가 하면 다친 사도를 바지런히 보살피기도 한다는 것이다.

게다가 본인도 인정한 대로 그 성질이 깃든 그릇에 좌우되는 경향이 커서 부활할 때마다 캐릭터가 완전히 달라진다고 한다. 그야말로 숙주의 거울 같은 존재다.

──그리고 지금. 도철은 나에게 크게 영향받아 이런 성격이 되었다.

이 녀석이 류가에게 반한 건 혹시 내 잠재의식이 반영되었기 때문인 건…… 이 녀석의 연심은 나의 연심인 건…… 그런 불길한 생각이 불쑥 머리를 스쳤다.

'그만, 그만! 그보다 지금은 제2부를 진행하는 것만 생각해! 평소의 코바야시 이치로가 아닌 걸 악의 코바야시 이치로라는 걸 사람들에게 어필해가는 거야!'

그렇게 분발하면서 일단 역 근처 번화가에 와보니.

길가에 쭈그리고 앉아 우는 작은 여자아이를 발견했다.

들어보니 엄마와 떨어진 데다 걷는 사이에 길을 잃었다

고 한다. 내버려 둘 수도 없어서 하는 수 없이 여자애의 손을 끌고 엄마를 찾아 돌아다니다 얼마 지나지 않아 발견했다.

"정말로 감사합니다. 뭐라고 감사 인사를 드리면 좋을지……."

"아뇨. 신경 쓰지 마세요."

"오빠, 고마워!"

"다행이다, 사요."

나는 멀어지는 두 사람에게 손을 흔들고서 그 손으로 자신의 뺨을 때린다.

'착한 일을 하면 어쩌란 거야! 악의 편린을 보이라고!'

……됐어. 처음부터 다시 하자.

지금 건 【마신】의 영향을 받지 않은 평소의 코바야시 이치로였다. 다음에야말로 저질러주자!

결의를 새롭게 다지고 걷는 도중. 또다시 미아를 발견했다.

불안한 듯이 주변을 두리번거리며 둘러보는 빨간 작은 가방을 비스듬히 걸친 장화 바가지 머리 어린 여자애……. 아무리 봐도 우리 집 객식구다. '나락의 삼 공주' 중 한 사람, 키키였다.

"앗, 이치로 남작!"

나를 보자마자 키키가 타다닥 달려온다. 그리고 기세 좋게 달려든다.

이런 모습이라도 그녀는 사도다. 게다가 장군이다.

"뭐하는 거야, 키키. 너 혼자야?"

"그러쭙니다. 장난감 가게에 왔쭙니다. 지저괴수 벨베론의 소프트 비닐 인형이 오늘 나왔쭙니다."

다시 말하지만 이 녀석은 장군이다.

"하지만 가게를 찾지 못한 데다 어느 길로 왔는지도 모르겠쭙니다……. 좀만 더 있다가 하마터면 울 뻔해쭙니다."

"무슨 사도가 그래……. 그보다 너, 돈은 있어?"

"업쭙니다. 보는 것만으로 참쭙니다, 벨베론."

나는 하는 수 없이 키키의 손을 끌고 장난감 가게로 가서 벨베론 인형을 사주었다. 나는 어린애에게 약하다.

"보물로 삼게쭙니다! 이치로 남작, 너무 좋쭙니다!"

전에 없이 감정을 드러낸 키키를 데리고 그대로 집으로 돌아간다.

……됐어. 부하를 보살피는 것도 보스가 할 일이다.

지금의 나는 【마신】의 영향 아래에 있는 악의 코바야시 이치로다. 인간의 적이다.

'하는 일은 똑같은 미아 대응이잖아……. 뭐야, 혼자 북치고 장구 친 이 허무함은.'

정말로 하면 할수록 최종 보스는 어려운 역할이다.

8월에 들어선 지 딱 일주일째 되던 날.

나는 미온과 함께 대형 슈퍼에 갔다. 저녁 장거리뿐만

아니라 여러 가지 일용품도 사야 한다며 짐꾼을 부탁받았다.

그 가사 능력을 높이 평가해, 이제 나는 집안 살림을 미온에게 전부 떠맡겼다. 그런데도 미온은 자잘한 지출까지 나에게 보고하는 것을 게을리 하지 않는다. 빈틈없이 착실한 둘째다.

덧붙여 키키도 '가고 싶다'고 해서 데려가기로 했다. 주리는 집에서 와이드쇼를 보고 있다.

"이치로 군. 오늘은 뭘 먹고 싶어?"

"햄버그."

"오케이."

내 요청에 웃는 얼굴로 고개를 끄덕이고 가게 안을 성큼성큼 걸어가는 미온. 그 뒷모습을 아장아장 따라가는 키키.

삼 공주는 모두 상당히 미소녀라 주변의 이목을 끈다. 지금도 가까이에 있는 남자 손님이 간고기 팩을 살피는 사이드테일 교복 소녀에게 뜨거운 시선을 보내고 있었다.

"으~응, 이쪽이 나은가? 아, 이건 색이 괜찮은데……."

"키키는 과자를 보고 오게쭙니다."

그렇게 말하고 달려가는 키키를 향해 미온이 곧바로 말을 던진다.

"키키, 혼자서 가면 헤맨다. 그리고 과자는 한 봉지만 사."

"미온은 짠순임미다."

걸음을 멈추고 풀이 죽은 키키를 보고 나는 그만 "그럼 두 개까지 사도 돼"라며 응석을 받아주고 만다. ……이건 어디까지나 아빠 마음이다. 절대로 롤리타 콤플렉스가 아니다.

"이치로 남작은 배포가 큼미다."

기뻐하며 달려가는 키키의 등을 지켜보고 있자 미온이 나를 째려본다.

"이치로 군, 너무 무른 얼굴 하지 마. 어차피 쟤는 돌아가는 길에 먹어버린다고."

"과자 정도 그러면 좀 어때."

"괴수 인형도 사줬지? 그렇게 계속 계속 새로운 걸 욕심내면 끝이 없다고? 다음 주에 발매하는 우주괴수 도라기고도 분명히 조를 거야."

이것이 '나락의 사도'의 대화라고는 다들 꿈에도 생각하지 않겠지. 나 자신도 솔직히 이건 아니라고 생각한다.

"너, 완전히 주부 같구나……."

"어쩔 수 없잖아? 주리랑 키키가 저런 식이니까."

"전부터 묻고 싶었는데, 너는 어째서 교복을 입는 거야?"

"이 차림이면 인간 남자가 다가와서 밥을 사주니까. 이치로 군네 가기 전까지는 그렇게 지냈어."

태연하게 말하는 미온을 보며 나는 표정이 급격히 굳어져 갔다.

……사실은 그녀들에게는 이전부터 확인해두고 싶은 것이 있었다. 지금까지 그 질문을 피해온 이유는 대답을 듣

기가 무서웠기 때문이다.

하지만 좋은 기회다. 각오하고 물어보기로 하자. 이것도 최종 보스의 책무다.

"있잖아, 미온. 너 말이야."

"뭐야아?"

"지금까지—— 인간을 죽인 적이 있어?"

내 진지한 눈빛에 미온이 눈을 깜빡거린다. 그러나 잠시 뒤 그녀는 다시 아무렇지 않게 대답했다.

"아쉽게도 없어."

"…………."

"우리 삼 공주는 줄곧 이계에 있었으니까. 내가 처음 이쪽에 온 건 너랑 폐공장에서 만난 그날이야."

"그, 그랬어?"

그렇다면 미온은 이쪽에 온 지 아직 한 달이 채 되지 않았다는 소리다.

그때까지 인간계에 온 적이 없었다는 건 상당히 뜻밖이었다. 장군급을 내버려 두고 져버리면 어처구니없는 일이다.

"원래 '나락의 삼 공주'의 주요 임무는 이계를 지휘하는 거야. 인간계의 침공은 다른 장군들의 일이지. 아, 그 녀석들은 '나락의 팔걸'이라고 하는데."

장군급이 그렇게 많은 건가. 대체 어디에서 놀고 있는 거야. 음, 이미 류가에게 퇴치당했을 가능성도 있지만.

"그런데 알다시피 일 년 반 전에 시공에 균열이 생겼잖아?

그 덕분에 팔걸 외의 수하들까지 멋대로 인간계로 몰려가 버려서……. 나는 그 녀석들을 쫓아온 거야."

"너무 늦게 쫓아온 거 아냐? 미온이 온 건 요전이잖아?"

"시, 시끄러워……. 몰랐단 말이야. 그런 작은 균열을 어떻게 눈치채!"

그러고 보니 현대에 사도가 다시 나타난 이유는 시공에 뒤틀림이 생긴 탓이었던가.

어쩌면 그건 【마신】혼돈이 연 '이계의 문'의 간이판인지도 모르겠다. 혼돈이 부활하는 전조였을까.

아무튼 이 변칙 게이트의 출현으로—— 히노모리 류가의 이능 배틀 스토리는 막을 열었다.

"이계에서 우리 삼 공주의 명령은 절대적이야. 그런데 무단으로 출격하다니 열 받잖아? 그러니까 숙청해버리려고 했지."

미온이 화난다는 듯이 말하면서 내가 든 장바구니에 간고기 팩을 조심히 넣는다. 대사는 공격적이지만 행동은 서민적이다.

"막상 이쪽에 와보니 이제 곧 혼돈 님이 부활하신다잖아? 그러면 이야기가 달라지겠지? 우리 사도가 가장 우선해야 할 사명은 【마신】님을 위해 일하는 거니까."

그리고 【마신】혼돈은 부활해 미온은 최종 전투에서 아오가사키와 대치하게 되었다. 그러나 내 개입으로 어쩔 수 없이 후퇴해야 했고, 이후에는 헌팅남을 봉으로 삼아 살았다고······.

"미온. 그 시공의 균열은 아직 있어?"

"이미 닫혔어. '성벽의 수호자'에게 봉인 당했어."

"쿠로가메인가······."

"그 뒤에 혼돈 님이 문을 다섯 개 열었지만 그쪽도 쿠로가메 리나가 전부 봉인했어. 덕분에 돌아갈 수 없어졌지."

그렇게 말하면서도 미온의 말투는 태연했다. 역시 그녀도 사도라서 근본은 프리덤인지도 모른다.

"이계는 주리와 키키에게 맡긴다고 했는데······. 그 두 사람도 참, 전부터 인간계에 흥미가 있었던 모양이야. 혼돈 님이 문을 열었을 때 분위기에 휩쓸려 와 버렸대."

장군이 이래서는 안 된다. 무단으로 움직인 부하들을 나무랄 입장이 아니다.

"하지만 그 두 사람은 혼돈 님과 합류하기 전에 전투가 끝나버린 모양이야. 이계에도 돌아가지 못해 곤란하던 차에 운 좋게 나랑 만났어."

"설마 최종 전투에 늦어버린 분별없는 인간이 사도 측에도 있었을 줄이야······."

"그래도 뭐, 다음 【마신】님이 바로 부활해서 운이 좋았지."

거기서 미온이 손을 뒤에서 맞잡고 한쪽 눈을 깜빡 윙크했다.

치켜 올라간 눈이 윙크······. 분하지만 귀엽다. 남자가 말 걸고 싶어지는 것도 무리가 아니다.

"도철 님이 의욕이 없으신 건 확실히 걱정이지만……. 그래도 그렇게까지 비관할 일도 아니야. 이치로 군이 그릇이잖아."

"응?"

"【마신】님과 그릇을 일심동체……. 나 말이야. 도철 님의 그릇이 이치로 군이라서 다행이라고 생각해. 이치로 군은 믿음직해 보이니까."

아아 슬프도다, 조금도 기쁘지 않다. 내가 희망하는 포지션은 '주인공의 친구'이다. 사실은 최종 보스 따위 하고 싶지 않다.

"폐공장에서 만났을 때는 설마 같이 살게 될 줄은 몰랐지만……. 앞으로도 잘 부탁해, 이치로 군."

"그래, 나도 알아."

본의는 아니지만 마지못해 고개를 끄덕이자 갑자기 미온이 쑥 다가왔다.

단정한 미모가 숨이 닿을 정도로 가까운 거리로 다가온다. 나도 모르게 심장이 쿵 하고 말았다.

"저기, 혹시 괜찮으면, 오늘 밤은 주리 대신에 내가 상대할까?"

"무, 무슨 상대?"

"밤일."

"어어어이! 안 했다고! 손가락 하나 건드리지 않았어!"

주위에 손님이 있는데도 나는 깜짝놀라 저도 모르게 소리를 질렀다.

주리는 아무리 주의해도 일어나면 내 침대에 있다. 이제 아침의 '역·야구권'이 일과가 되었다.

"어, 안 했어? 아무것도? 성희롱 좋아하잖아."

"나는 이 이야기를 19금으로 만들 마음이 없어!"

"흐응…… 하지 않았구나."

어째서인지 미온이 기분이 좋아 보인다. 오른손으로 작게 승리 포즈까지 취했다.

"그렇다는 건 나한테도 기회가 있다는 거구나. 섹시함으로는 주리를 당할 수 없지만 남자를 함락시키려면 먼저 위장부터 공략하라는 말도 있고……."

혼자서 뭐라 뭐라 투덜투덜 중얼거리더니 미온이 몸을 홱 돌렸다. 매우 기합이 들어간 모습으로 채소 코너로 걸어간다.

"좋아, 오늘의 함박은 최고 걸작으로 만들어줄게. 그럼 이제 양파를——."

그때 가게 안에 방송이 흘러나왔다.

"미아 알림입니다. 빨간 가방을 멘 나락에서 오신 코바야시 키키라는 여자아이가——."

나와 미온은 동시에 "어어어이!" 하고 한목소리를 내며 인포메이션 센터로 달려갔다.

3

그런 생활을 이어가는 중에 나는 삼 공주와의 동거 생활에도 완전히 익숙해지고 말았다.

이 또한 타고난 순응력 탓일까. 때로는 다 함께 외식하거나 노래방이나 볼링장에 가거나, 거실에서 트럼프 대회를 하거나……. 도저히 세계 멸망을 꾀하는 군단이라고는 생각할 수 없는 느긋한 나날이었다.

'아무리 그래도 너무 편하게 지내나……. 이 상태로는 주종관계가 점점 애매해져 버리겠어.'

이미 삼 공주는 이웃이랑도 안면을 텄다. 그냥 아는 정도가 아니라 우편이나 신문을 배달하는 사람들과 잡담까지 하는 영역에 이르렀다. 인간계에 녹아드는 속도가 무서울 정도다.

'언제까지 꾸물거릴 수는 없어. 내일은 꼭 드디어 계획을 실행에 옮겨야지.'

즉 제1단계── 도철의 부활을 류가와 히로인들이 알게 한다.

그러기 위해 미온을 이용해 아오가사키에게 시비를 걸게 한다.

'그러면 류가에게도 이야기가 전해지겠지. 단숨에 긴박감이 커질 거야.'

……참고로 류가와는 벌써 열흘 넘게 만나지 않았다. 알

고 지낸 이후로 이렇게 오래 얼굴을 보지 못한 건 처음 있는 일이었다.

나와 의사 연인 관계가 되어 그녀는 틀림없이 여름방학을 기대했을 것이다. 억눌러온 여자아이를 마음껏 발산하고 싶었을 것이다. 그렇게 생각하면 가슴이 아프다…… 아파야 하는데.

어느 날 밤, 슬슬 자려고 침대에 누웠을 때 있었던 일이다.

갑작스러운 류가 보낸 메시지를 보고 나는 온몸이 굳었다. 멍했다가 입이 딱 벌어졌다가 충격으로 정신이 아찔해졌다.

'이치로에게. 오늘은 같이 영화 봐줘서 고마워! 우연이었지만 만나서 엄청 기뻤어!'

메시지 내용을 이해하는데 나는 가볍게 2분은 필요했다.

이어서 즉각 도철을 흔들어 깨워 내 안에서 꺼내 맹렬히 따졌다.

"야! 너, 오늘 하루 어디 있었어!"

"…………."

고개를 휙 돌려 시치미 떼는 도철을 코브라 트위스트로 조른다. 금세 【마신】은 항복하고 겸연쩍어하며 자백했다.

"산책하다가 우연히 역 앞에서 류가땅이랑 만나서……."

"산책하지 마! 멋대로 행동하지 말라고 했잖아!"

"거기서 '영화라도 보지 않을래? 기분 전환이 될지도 몰라'라고 권하기에……."

"같이 영화를 본 거야?"

"울었습죠. 주옥같은 러브 스토리였습니다."

"인간의 창작물에 감동하지 마! 무슨【마신】이 이래!"

이 자식, 저질렀군. 무단으로 외출한 데다 주인공이랑 영화 데이트를 했어!

"최종 보스 한다고 약속했잖아──! 어쩔 셈이냐, 너 이 자식아!"

내 서슬 퍼런 기세에 웬일로 도철도 덤벼들었다.

"나리야말로 어쩔 생각이십니까! 류가땅, 혼자서 쓸쓸히 걷고 있었다구요! 그러고도 남자친굽니까!"

"남자친구 '역할'이야! 게다가 최종 보스 역할이니까 어쩔 수 없잖아!"

"어째서 더 상냥하지 못한 겁니까! 케빈처럼!"

"그놈은 누구야!"

"오늘 본 영화 주인공입죠!"

"내가 어떻게 알아!"

"그 녀석은 분명히 올해 오스카를 받을 거예요!"

"알 게 뭐야──!"

지난번과 마찬가지로【마신】과의 격투가 시작된다. 벌써 밤도 깊었지만 나는 분노한 나머지 이웃에 대한 배려를 깜빡하고 말았다.

한동안 격투를 벌이자 소란을 알아챈 삼 공주가 방으로 뛰어들어왔다.

선 자세로 싸우다 드러누워 다투는 공방으로 이행한 우리를 파자마 차림의 세 여자는 질린 듯이, 그리고 난처하단 듯이 바라보았다.

"이거…… 어느 쪽 편을 들면 되지."

"그야 도철 님 아니야?"

"시끄러워서 잘 수가 업쭙니다."

——결국 승부는 키키가 난입해 꽉 쥔 소프트 비닐 인형 괴수로 나와 도철을 후려친 것으로 끝났다.

훗날 들은 바로는 그녀는 잠을 방해받은 걸 가장 싫어한다고 한다. 키키를 깨우려다 반죽음당한 수하는 이계에서도 서른 명을 넘는다고 한다.

"정말이지 키키도 참! 도철 님께 무슨 짓을 한 거야!"

"어머나…… 두 분 모두 흰자만 보여."

희미해지는 의식 속에 나는 미온과 주리의 목소리를 들었다.

6분 42초. 승자 · 키키. 결정타 · 지저괴수 벨베론.

나는 이튿날 도철이 저지른 어리석은 짓을 수습하기 위해 우선 히노모리 저택으로 급히 가기로 했다.

어제의 나를 보고 류가가 위화감을 느꼈을 가능성은 크게 있다. 메시지로는 그런 느낌이 없었지만 실제로 만나서 확인하지 않으면 안심할 수 없다.

'어이 텟짱. 정말로 깊은 이야기는 하지 않았겠지.'

'걱정 마십쇼. 무난한 토크를 했을 뿐이라구요. 남의 눈이 있어서 유감스럽게도 시시덕거리지도 못했습니다.'

그런 밀담을 나누면서 저택에 도착해 현관의 미닫이문을 드르륵 연 순간.

"어서 와, 이치로!"

안에서 튀어나온 바니걸 차림의 소녀가 기세 그대로 나에게 안겼다.

헤어밴드에서 튀어나온 토끼 귀. 훤히 드러난 가녀린 어깨에 대담하고 풍만한 가슴골. 그리고 망사스타킹을 신은 건강한 다리…… 물론 그 사람은 류가였다.

"그러니까 반칙은 쓰지 말라니까! 메시지로도 못을 박았잖아!"

"에헤헤, 바니로 입어버렸엉. 이 의상 이치로가 마음에 들었던 것 같으니까."

꽃이 활짝 핀 듯한 웃는 얼굴로 동그란 꼬리를 살랑살랑 흔드는 바니 류가.

전 세계를 뒤져도 류가보다 더 이 차림이 어울릴 사람은 없다. 구조상 배꼽이 보이지 않는다는 게 난점이지만 그것을 보충하고도 남을 매력이 바니걸에는 있다고 나는 단언한다.

"이틀 연속으로 만나주다니 기뻐. 고민거리는 괜찮아졌어?"

"응, 으응. 영화를 보고 기분 전환이 돼서 그런가."

"아무튼 내 방으로 갈까. 평소처럼 안아줘."

"그건 이제 됐잖아. 과도한 닭살 커플 행각은 연인 수행으로서 본말이 전도된——."

"안아줘뿅♪"

"맡겨둬."

나는 어미의 귀여움에 져서 류가를 공주님 안기로 안아 올려 방으로 간다. 류가의 방에 도착해 한동안 사냥꾼으로 변신해 류가 토끼를 쫓아다닌다.

……나도 안다. 완벽한 닭살 커플이다.

그런 콩트를 한바탕한 뒤. 우리는 나란히 앉아 잡담을 나누었다.

"어제 본 영화 재미있었지."

류가는 여전히 나에게 딱 달라붙어서 그렇게 말한다. 복장이 복장인지라 어쩐지 이상한 가게 같았다.

"아아. 케빈 역할 한 사람 분명히 오스카상 받을 거야."

"후훗. 이치로도 참, 엉엉 울었잖아."

"으, 음 그랬지."

"한참을 자리에서 일어나지 못했으니까. '케빈, 캐시, 부디 행복하기를……'이라면서."

"마, 마지막이 감동적이었으니까."

나중에 다시 도철을 때려주자고 마음먹으며 일단 이야기를 맞춘다.

현재로서는 류가가 어제 일을 수상하게 여기는 모습은

보이지 않는다. 이토록 정서가 불안정한데도 의아하게 여기지 않는다니……. 나를 어떤 인간이라고 생각하는 거야.

"나도 눈물이 좀 났어……. 이치로가 줄곧 손을 잡아줘서 괜히 더 감정이입 해버렸거든."

그냥 듣고 지나칠 수 없는 말에 나는 "응?" 하고 류가를 눈을 크게 뜨고 바라보았다.

도철 녀석, 내가 없는 곳에서 손을 잡은 건가. 그런 얘기 못 들었어! 왜 마음대로 만지는 거야! 충분히 시시덕거렸잖아!

"그리고 영화 보고 나서 카페에서 먹은 마론 파르페도 맛있었지."

"…………."

"내가 다 먹지 못한 파르페를 이치로가 먹어줬잖아. 그런 거 어쩐지 엄청 애인 같아. 그때만이라도 여자애로 돌아가고 싶었어."

……이 치밀어오르는 분노는 뭘까.

혹시 나는 질투하는 걸까? 다른 사람이 류가를 만진걸. 다른 남자(?)와 사이좋게 지낸걸. 류가가 그다지 싫지 않아 보이는걸.

"아…… 하지만 미안. 론땅이 물어서. 머리는 괜찮아?"

"뭐, 뭣?"

"나를 이치로에게 빼앗긴다고 생각한 건가? 후훗."

장난스럽게 웃는 류가와는 대조적으로 나는 얼굴이 경

련으로 실룩거렸다.

'역시 론땅한테 완전히 의심받고 있어! 머리를 물렸어!'

얼간이 【마신】놈, 그런 중요한 보고를 게을리하지 말라고! 숙적인 【황룡】과 코믹컬하게 엮이지 마!

다행히 류가는 크게 마음에 담아두지 않았는지 금방 이야기를 되돌렸다.

또 영화 보자, 같이 파르페 먹자, 산에도 가자── 그런 약속을 잇달아 하고 나서 그녀는 마지막에 내 손을 살짝 잡았다.

"이치로…… 부탁이니까 나를 두고 어디에도 가지 마."

"아, 당연하지. 난 네 친구야. ……지금은 남자친구 역할이지만."

무사히 제2부가 끝나면 어디든 함께하지.

되도록 그때까지는 '친구 캐릭터'로 돌아가고 싶다만, 도철만 데이트하는 것도 살짝 부아가 치밀기는 하다. 불공평하다.

나도 조금쯤이라면…… 그런 사념에 사로잡혔을 때.

"있지, 그 남자친구 '역할'이란 거 그만하면 안 돼?"

류가가 던진 말 한마디에 나는 또다시 그녀를 눈을 크게 뜨고 바라보았다.

"왜냐하면 이미 우리는 사귀는 거나 마찬가지라고 할까……."

"자, 잠깐만 기다려!"

"이것도 수행이 아니라 이미 실전이라고 할까……."

"멈춰!"

팔에 매달려 어리광부리는 류가에게 비명처럼 일갈한다.

위험하다. 두려워하던 전개가 펼쳐지려고 한다. 류가가 진심이 되고 있다! 도철에게 질투할 때가 아니야!

그리고 보니 오늘 아침 혹시 몰라 어제 영화를 인터넷으로 검색하고 왔는데…… 케빈 역과 캐시 역 배우는 이번 작품이 계기로 사귀기 시작했다는 것 같다. 연기가 진심이 된 것이다.

"이치로. 치가야마산에서 키스해줄 뻔했고…… 영화관에서도 손을 잡아주었고……."

"서두르지 마! 아직 너는 연애할 실력에 이르지 못했어! 섣부른 행동은 부상의 원인이라고!"

"괜찮아아. 나는 실전파인걸."

"어리석은 놈, 자만하지 마시게! 그런 말을 하다가 사라진 놈이 몇이나 있는 줄 아시는가! 나는 그런 젊은이를 더 이상 보고 싶지 않다네!"

나는 당황한 나머지 이상한 캐릭터가 되었다.

"하지만 어제는 말했잖아? '류가땅의 귀여움에 세계 최고'라고."

"그 방심이야말로 자네 목숨을 재촉하는 게야! 자신을 귀엽다고 생각하지 말게! 생각하면 지는 걸세!"

"이치로는 역시 요즘에 이상해. 그러고 보니 다들 그랬지……. 혼돈과의 결전 전에 만난 이치로는 캐릭터가 좀 이상했다고."

……나는 그 뒤에 간신히 류가의 바람을 받아넘기고 도망치듯이 히노모리 저택을 탈출했다.

가볍게 마흔 살쯤 늙은 기분으로 비틀비틀 길을 걷는다. 우선 도철의 건은 아슬아슬하게 세이프 같았지만 사태가 개선되었다고 하기는 어렵다.

'괜찮아. 제2부가 끝나며 나는 기억도 힘도 잃으니까. 괜찮아…….'

자기암시를 걸듯이 마음속으로 몇 번이나 되풀이하고 있을 때.

"아, 코바야시 오빠."

얼마 지나지 않아 앞쪽에서 온 쿄카와 마주쳤다.

아무래도 오늘도 도서관에 갔던 모양이다. 슈퍼라도 들렀는지 책가방과 함께 에코백을 손에 들고 있다.

"아, 쿄카. 지금 막 류가랑 만나고 온 길──."

"저기요 코바야시 오빠. 잠깐 시간 괜찮으세요?"

웬일로 인사도 하지 않고 다가온 쿄카가 갑자기 그런 소리를 했다.

역시 류가의 여동생이라 어딘지 모르게 생김새가 닮았다. 평소에는 늘 웃는 얼굴인 명랑하고 마음이 편해지는 미소녀인데…… 무슨 영문인지 오늘만큼은 몹시 진지하게 고민하는 표정을 지고 있었다.

"무, 무슨 일이야? 이렇게 새삼스레."

"저 되도록이면⋯⋯ 언니에게는 비밀로 코바야시 오빠에게 상담하고 싶은 문제가 있어요."

"응?"

"조만간 연락할 테니까, 코바야시 오빠의 전화번호 알려주실 수 있어요?"

나는 망설였지만 쿄카의 절실한 모습에 번호를 가르쳐주었다. 내 번호라면 류가에게 물으면 될 텐데⋯⋯. 그렇게 언니한테 알리고 싶지 않은 상담인가.

"고맙습니다. 그럼 나중에⋯⋯."

끝까지 어두운 얼굴을 한 채 꾸벅 인사하며 달려가는 쿄카. 양갈래 머리카락이 발걸음에 맞춰 달랑달랑 흔들렸다.

'저렇게 심각해 보이는 쿄카 처음 봐⋯⋯. 대체 무슨 일이지?'

그러나 나는―― 이튿날에는 쿄카 문제 따위 머릿속에서 날아갔다.

예상 밖의 비상사태가 닥쳐 그럴 때가 아니었다.

내가 계획한 제2부의 줄거리. 그 기승전결.

그게 단숨에 우왕좌왕 최종 단계 직전까지 진행되어 버린 것이다.

4

이튿날. 정각 오후 5시.

나는 장을 보러 간 미온과 주리가 돌아오기를 기다리면서 거실에서 키키와 텔레비전 게임을 하며 놀았다.

몇 년이나 전에 나온 대전결투 게임으로 상당히 자신 있는 게임이었다. 한 수 가르쳐줄까 하고 시작했는데 막상 해보니 이십 연패……. 어린 사도에게 말도 안 되게 무참히 당했다.

"이치로 남작, 약함미다."

"하, 한 판만 더 하자! 다음 판이야말로 진심을 보여주겠어! 이제 봐주지 않겠어!"

"아까도 그렇게 말해쭙니다."

"함부로 지껄이지 마, 꼬맹이! 너의 공격 패턴은 이미 다 파악했다!"

"아까도 그렇게 말해쭙니다."

"나리, 바꾸시죠. 부하에게 당하기만 하면 기강이 서지 않습니다. 어이 키키, 우쭐하는 것도 여기까지다. 너에게 【마신】의 무서움을 보여주마!"

"맘껏 덤비십씨요, 도철 남작."

그런 대화를 하면서 도철도 섞여 와자지껄 소란을 부리고 있는다.

현관문이 기세 좋게 열리고 쿵쿵거리며 복도를 뛰어오

는 발소리가 들렸다.

"이치로 군! 큰일났어!"

온 사람은 바로 미온이었다.

양손에 장 본 물건을 든 채 안색이 바뀌어서 나에게 다가온다. 한눈에 예삿일이 아니었다.

"미온, 왜 그래. 무슨 일이 있──."

"주리가 마음대로 전투를 시작해버렸어!"

예기치 못한 급보에 나와 도철과 키키는 "뭐?" 하고 동시에 기겁했다.

"……뭐라고?"

"그러니까 전투를 시작해버렸다고! 히노모리 류가의 동료 삼인조와!"

미온의 말로는 슈퍼에서 돌아오는 길에 우연히 히로인 삼대장인 유키미야 시오리, 아오가사키 레이, 엘미라 매카트니가 모여 있는 것을 목격했다고 한다.

세 사람을 발견한 주리는 미온의 제지도 듣지 않고 여기가 너희 무덤이라는 양 덤벼들었다고 한다. 그리고 지금도 한창 전투를 하고 있다고 한다.

"주리의 첫선은 제2단계였을 텐데……."

예정에 착오가 생긴 것에 나는 격렬하게 동요했다.

동시에 계속 꾸물거린 것에 격렬히 후회했다.

……그리고 보니 주리는 이전부터 대기명령에 불만을 품은 듯했다. 말로는 꺼내지 않았지만 지금 상황에 줄곧

초조했는지도 모른다.

'당연하지. 이 집에 와서 벌써 이 주 가까이 지났어…….
그 녀석은 부하도 당한 상태였으니까.'

이건 틀림없이 내 실수다. 나는 그녀의 성격을 파악하지
못했다. 에로 캐릭터 인상이 너무 강해서 본래의 '사도·
주리'가 보이지 않았다.

"미안 이치로 군. 막지 못해서……."

얌전히 고개를 숙이는 미온에게 나는 씁쓸해하며 고개
를 젓는다.

"아니, 네 책임이 아니야. 이건 보스인 내 감독이 부족했
던 탓이야."

하지만 지금은 그것을 반성할 때가 아니다. 스토리가 움
직이기 시작해버린 이상 빠른 대응이 요구된다.

"3 대 1인가. 나리, 이거 제아무리 주리라도 위험하겠는
뎁쇼."

"이치로 남작, 주리를 도우러 감미다."

도철과 키키가 말하지 않아도 나는 일어났다.

처음부터 그럴 작정이다. 주리를 이런 곳에서 잃을 수는
없다. 여기서 그녀를 버리고 간다면 보스로서 실격이다.
미온과 키키의 신용도 잃어버릴 것이다.

……아니, 그렇지 않다. 그런 타산은 아무래도 좋다.

주리는 동료다. 그녀는 그녀 나름대로 오늘까지 나에게
헌신해주었다.

딱 한 번쯤 무단 행동하면 어떤가? One for All · All for One 이라고 외친 사람은 어디의 누구지? 내가 최종 보스인 제2부에서 전사자를 나오게 할까 보냐!

"미온, 현장으로 안내해줘."

"이치로 군……."

"이렇게 됐으니 하는 수밖에 없어. 단 목적은 전투가 아니라 주리의 구출이다. 알겠지?"

내 호령에 미온과 키키가 "옛" 하고 한목소리로 대답했다.

전투 무대는 대형 슈퍼 근처 옥상이었다.

손에 꼽을 정도밖에 세입자가 없는 15층짜리 빌딩이다. 다행히도 바깥쪽 비상계단이 있어서 침입하기는 쉬웠지만 올라가는 건 쉽지 않았다.

"주리도 참, 멋대로 전투 장소를 바꾸지 말아줘……. 찾는 데 시간이 걸렸잖아."

계단을 올라가면서 미온이 그렇게 투덜거린다. 바로 뒤따라 나는 잠자코 그녀의 엉덩이를 좇는다. 팬티가 보일 듯이 보이지 않았다.

……이내 옥상이 가까워지자 역시나 격렬한 전투의 기척이 감돌았다.

끊임없이 들리는 충격음, 작렬음, 파괴음. 그에 뒤섞여 소녀들의 고함인지 기합인지 모를 소리도 들린다. 매우 유감스럽게도 상당히 격렬한 상태인 것 같았다.

계단을 끝까지 올라가기 전에 나는 우선 미온과 키키를 물러나게 하고 얼굴만 슬쩍 내밀어 옥상을 살폈다.

——그곳에는 정말로 하반신이 커다란 뱀으로 변한 여사도가 있었다.

그리고 여사도를 둘러싼 유키미야, 아오가사키, 엘미라가 보였다.

'저게 주리의 이형 버전인가……'

이른바 라미아라는 괴물과 흡사한 외견이다. 크기는 인간체와 크게 다르지 않지만 꼬리는 십 미터를 훌쩍 넘었다. 엄청난 글래머도 건재하지만 비늘에 덮여 유두는 볼 수 없었다.

'간신히 늦지 않았군. 하지만…… 상당히 위험한 상황이잖아……'

주리는 아니나 다를까 열세에 몰려 있었다.

온몸에 열상을 입고 왼팔이 힘없이 축 늘어져 있다. 머리카락 일부도 타서 아름다운 금발이 무참하게 오그라들었다.

그야말로 만신창이……. 아니, 잘 버텼다고 해야 하나.

저 세 사람을 상대로 이만큼 맞서 싸운 것만으로도 대단하다. 하지만 결론이 나는 건 시간문제겠지. 피폐해질 대로 피폐해진 주리에 비해 히로인들은 상처 하나 없다. 조금 헐떡이는 정도다.

히로인들이 주리를 세 방향으로 포위하면서 간격을 서서히 좁혔다.

"큭, 움직임을 봉했을 텐데, 카구라스즈의 효과가 이토록 약하다니······."

"방심하지 마, 시오리, 엘미라. 이 녀석은 평범한 사도가 아니야."

"아무래도 간부급인 것 같네요. 바라는 바예요. 저의 업화로 노릇노릇하게 구워드리지요."

기분 탓인지 히로인들이 악역으로 보인다. 하기야 지금의 나는 사도 쪽 인간이니까 완전히 틀리지는 않았다.

그런 그녀들을 향해 주리가 긴 꼬리를 들며 주눅 들지 않고 외쳤다.

"미안하지만 그냥 쓰러져줄 마음은 없어. 【마신】님을 위해 그 그릇이 되신 분을 위해······ 사신 중 한 사람만이라도 길동무로 만들겠어!"

물러날 생각은 손톱만큼도 없다는 소리인가. 생각해보면 주리는 저래 보여도 사명감만은 있었다. 밤마다 내 침대로 숨어들어오는 이유도 그 때문이다.

'저 상태로 순순히 후퇴 명령을 들어줄까······.'

나는 그런 걱정에 애간장을 태웠다.

그때 갑자기 뒤에서 퍼드덕 하고 날개를 펼치는 소리가 들렸다.

"이치로 군. 나, 나갈게."

돌아보자 백로형 이형이 된 미온이 나를 똑바로 응시했다. 이전 제1부의 최종 전투에서 본 하피 같은 조인(鳥人) 형태다.

"주리가 저렇게 다쳤는데 가만히 있을 수 없어. 가족 개념이 없는 우리에게 삼 공주라는 고리는 무엇보다도 공고하다고."

"키키도 감미다."

게다가 동조한 키키도 에조늑대형 이형이 되었다. 온몸이 북슬북슬한 털투성이에 귀와 꼬리가 났다. 이른바 워울프와 흡사하다.

"이치로 군은 도철 님과 여기에 있어. 【마신】님을 번거롭게 할 것까지도 없어."

"해치우게쯥니다."

"자, 잠깐만. 잘 들어. 목적은 어디까지나 주리의 구출이지 전투 자체가——."

내 말을 듣지 않고 이미 두 사람은 옥상으로 뛰쳐나가 있었다.

미온이 날아오르고 키키가 땅을 달려 맹렬하게 적에게 돌진했다.

"!"

갑작스러운 난입자에 히로인들 안색이 달라진다. 허를 찔렸지만 그녀들은 신속하게 반응해 급습을 맞아 싸운다.

그 틈을 놓치지 않고 주리 역시 순식간에 사태를 파악하고 움직였다. 일방적이었지만 눈 깜짝할 사이에 다시 돌아온다. 3 대 3 동등해졌다.

먼저 미온과 아오가사키가 격돌했다.

"네, 네놈은 미온!"

"기억하고 있었네? 기뻐, '참무의 검사'!"

다음으로 키키가 엘미라에게 덤벼든다.

"아, 새로 나온 거예요?!"

"새로 나와쬽니다."

이어서 주리가 남은 유키미야에게 맹렬하게 육박한다.

"큭! 이 정도 허를 찌른다고 기죽지 않습니다!"

"알려주지. 뱀은 집념이 깊어!"

……순식간에 빌딩 옥상은 삼 공주와 히로인들이 뒤얽힌 혼전 상태에 빠졌다.

5

시작되어버린 배틀로얄은 이제 내가 개입할 수준의 것이 아니었다.

게다가 그 치열함을 막을 새도 없이 점점 심해졌다.

'이거, 어, 어쩌면 좋지……'

──미온과 아오가사키가 눈에 보이지 않을 공방을 펼치고 있다.

날개와 목도가 교차할 때마다 불꽃이 튀고 돌풍이 일어

난다. 충격으로 균열이 가고 철제 펜스가 날아갔다. 이번에도 두 사람의 실력은 팽팽했다.

"미온! 역시 인간과 사도는 서로 이해할 수 없는 것인가!"

"한창 전투 중에 떠드는 거야? 나 미온을 우습게 봤잖아!"

──떨어진 곳에서는 키키와 엘미라가 난투극을 벌이고 있다.

잇따라 내뿜는 뱀파이어 소녀의 염탄(炎彈)을 네발로 기는 늑대 사도가 교묘하게 피하며 품으로 뛰어들 기회를 살피고 있다. 어느 쪽이 거리를 제압하는지 승부다.

"통구이를 만들어드리겠어요! 이 멍멍이!"

"늑대임미다. 실례임미다."

──또 다른 곳에서는 주리와 유키미야가 격투를 벌이고 있다.

집요하게 밀어붙이는 큰 뱀의 꼬리를 피하면서 반격 기회를 기다리는 무녀 아가씨. 원래 같으면 주리에게 유리한 전투겠지만 이전 피로와 대미지가 그 차이를 상쇄했다.

"부, 불유쾌합니다! 일일이 움직일 때마다 가슴을 흔들지 마세요!"

"알려주지. I컵이야!"

……그런 처절한 전장을 훔쳐보면서 나는 그저 이러지도 저러지도 못하고 있었다.

'위험하다. 이대로는 정말로 죽는 사람이 나오겠어⋯⋯.'

그것만큼은 어떻게 해서든 막아야 한다. 하지만 어떻게 그녀들을 멈추지? 여섯 명 모두 완전히 전투에 몰두해버렸다.

'애초에 나도 여기서 등장해도 될까⋯⋯?'

내가 나선다는 것은 다시 말해 히로인들에게 '코바야시 이치로는 【마신】의 그릇이다'라고 알리는 것이다. 류가가 없는 장면에서 그런 커밍아웃을 해도 될까. 이 충격적인 사실을 주인공이 나중에 보고받아 들어도 될까?

또 한 가지 불안한 점은 나의 후퇴 명령에 삼 공주가 잘 따라줄지다.

만약 각하 당한다면 최종 보스의 위엄이 말이 아니다. 맥없이 도로 계단으로 돌아오는 꼴이 된다면 차마 볼 수 없는 장면일 것이다⋯⋯. 이 국면에서 멍하니 있을 수는 없다.

'하지만 멍청히 있으면 진짜로 되돌릴 수 없게 돼⋯⋯. 이제 모 아니면 도로 출격하는 수밖에 없어!'

필사로 자신을 북돋아 우격다짐으로 결심했을 때다.

"나리. 제가 수습하고 옵죠."

갑자기 뒤에서 도철 목소리가 들렸다.

아무래도 모르는 사이에 내 안에서 나온 모양이다. 일단은 의견만이라도 들어볼까 하고 그를 흘끔 봤다가── 나는 흠칫 놀라 눈을 부릅떴다.

그곳에는 낯선 청년이 있었다.

날씬하게 키가 큰, 온몸이 칠흑에 물들고 측두부에서 한 쌍의 양 같은 뿔이 난, 인간형 이형이었다.

명백히 나와는 전혀 닮지 않은, 마치 그림자 같은 모습이었다. 그림자 안에서는 두 눈동자가 형형하게 붉었고, 엄니가 하얗게 빛나고 있었다. 등에는 박쥐처럼 찌그러진 날개까지 있었다.

"너, 너…… 텟짱이야?"

"옙. 이게 제 본래 모습입죠. 아니, 평소 모습이 디폴트고 이건 전투 모드라고 해야 할깝쇼."

이해할 수 없는 말을 하면서 도철이 씩 웃는다.

……분하지만 상당히 잘생겼다. 제1부의 혼돈은 위압적인 거인이었지만 이 녀석은 다른 느낌으로 캐릭터가 뛰어나다. 뭐랄까 최종 보스로서의 매력이 있다.

"수습하고 온다니 어쩌려고."

"요컨대 전투를 멈추게 하면 됐습죠? 그 정도 식은 죽 먹기죠."

비주얼은 바뀌어도 성격은 그대로인 것 같다. 그러나 이어서 한 말에는 그답지 않은 절실한 감상이 담겨 있었다.

"류가땅과 물놀이를 하고 영화를 보고, 파르페까지 함께 먹게 해주셨죠. 그러니까 나리와의 약속, 슬슬 지켜얍죠."

"약속……."

"최종 보스, 완벽하게 맡아보겠습니다. 마음은 내키지

않지만 역시 저는 【마신】이니까요. 해야 할 일을 해야죠."

──나는 그때 새삼스럽게 '그게 무엇을 의미하는지' 깨달았다.

도철에게 최종 보스를 맡게 하는 것이 어떤 일인지 다시금 이해했다.

다시 말해 류가에게 원수로 여겨져 쓰러지고 소멸하는 것이다. 마음을 준 상대에게 죽임당하는 데다 그 사실을 조금도 슬퍼하지 않는다는 뜻이다.

'제2부에서 나는 도철의 승리를 생각하고 있지 않아. 그야 당연하지. 이 이야기는 히노모리 류가를 주역으로 한 이야기니까.'

도철의 패배와 소멸은 처음부터 정해진 사실이다. 그에게 '최종 보스를 하라'는 건 사형선고나 마찬가지였다.

게다가 나 혼자만 시치미를 뗀 얼굴로 류가 편으로 돌아갈 작정이다. 도철에게 더러운 역을 떠맡기고 류가의 친구 캐릭터로 복귀해 계속해서 제3부의 일상 파트에 출연하려고 생각하고 있다. 대단한 악당이다.

'나는 이야기를 위해, 자신을 위해, 텟짱에게 잔인한 짓을 강요한 건……'

생각해보면 현대에 부활한 도철은 딱히 나쁜 짓 따위 하지 않았다. 류가와 사이좋아지려고 했을 뿐이다.

바라지 않는 최종 보스를 맡기고 도철을 소멸시킨다──그건 정말로 올바른 일인가?

"나리는 여기에 계세요. 뭘요, 그릇이 누구인지 알 수 없는 채로도 제2부에 지장은 없습죠. 나리가 제 빙의체란 사실은 마지막까지 덮어두시죠."

"자, 잠깐만 텟짱. 나는 지금 맹렬히 고민하고 있어. 전례 없이 자기혐오에 빠졌어. 제2부 계획은 일단 재검토하는 걸로──."

"그럴 여유는 없습니다. 이미 저 녀석들은 한판 붙어버렸는걸요…… 그렇죠?"

다음 순간. 도철이 전장을 향해 한 손을 들고 손바닥에서 파동을 방출했다.

지름 3미터는 될지 싶은 검은 포탄이 옥상 한가운데 작렬한다. 쿠쿵! 귀청을 찢는 폭음이 울리고 충격으로 여섯 소녀가 한꺼번에 땅바닥을 굴렀다.

'어, 어이! 좀 적당히 해!'

……조심스럽게 바라보니 옥상 중앙부가 무너져 큰 구멍이 뻥 뚫려 있었다.

가볍게 쏜 일격으로 보였는데 엄청난 위력이다. 지금까지 도철과는 몇 번 싸웠지만, 늘 내가 약간 우세하다고 생각했는데, 혹시 이 녀석이 봐준 건가.

"그럼 살짝 다녀오겠습니다."

얼이 빠진 나에게 그런 말을 남기고 도철이 유유히 전장으로 향한다.

간신히 몸을 일으킨 유키미야, 아오가사키, 엘미라는 갑자기 나타난 칠흑의 이형 존재에 눈을 부릅뜨고 동시에 숨을 삼켰다.

"뭐야……."

"설마 이 녀석은……."

"이 방대한 사기…… 【마신】인가요?"

곧바로 적의 정체를 깨달은 히로인들이 저마다 그렇게 중얼거렸다. 다행히도 부상은 없는 것 같다.

"그러하다. 나는 도철—— 사흉 중 한 사람이다."

전율하는 히로인들을 향해 도철이 위풍당당하게 자신을 소개한다. 자신이 뚫은 커다란 구멍 바로 앞에서 걸음을 멈추고 맞은편에 있는 그녀들을 우뚝 서서 흘겨본다.

"이미 새로운 【마신】이 부활한 것에 놀랐나? 혼돈 따위를 쓰러뜨린 정도로 우쭐하지 마. 나는 그놈처럼 약해빠지지 않았다!"

도철의 포효에 공기가 찌르르 진동한다.

그 목소리에 반응하듯이 삼 공주도 각 자리에서 몸을 일으키고 경외에 가득한 눈동자로 자신들의 '왕'을 눈을 휘둥그레 뜨고 바라보았다. 그녀들에게도 부상은 없는 것 같다.

"도철 님……."

"아아, 우리의 【마신】님……."

"머시쭙니다. 히어로 같쭙니다."

부하의 존경하는 눈빛을 받으며 도철이 다시 한 손을 든다.

순식간에 도철의 손바닥에 시커먼 사기가 모였다.

"가증스러운 【황룡】의 수호자인 사신의 꼬마 계집들……. 열심히 괴로워하다 죽어라. 네놈들의 단말마는 나의 부활을 축하하는 팡파르다!"

이거야말로 최종 보스다 싶은 대사를 내뱉는 도철. 그 대단한 박력에 나도 모르게 정말로 소변을 지릴 뻔했다. 거기가 오그라들 뻔했다.

그 직후, 내 머릿속에 도철이 말을 걸어왔다.

'걱정하실 필요 없습니다. 죽이지는 않을 테니까요. 그런 짓을 하면 류가땅이 슬퍼할 거예요.'

아직 내선 통화는 가능한 것 같다. 그건 그렇고 정말 훌륭한 연기력이다……. 아마도 처음 쏜 파동도 일부러 빗긴 것이겠지. 단순한 위협이었던 거다.

그리고 그 효과는 즉각 나타났다. 나는 이 녀석에게 개인적인 오스카상을 보내고 싶었다.

"꼬마 계집들, 왜 그러나, 비장의 카드인 수호신은 못 내보겠나? 내보낸다 해도 내 상대로는 일 분도 버티지 못하겠지만."

도철이 흉악하게 웃으며 한 걸음 내디뎠다. 콘크리트 바닥이 발자국 모양으로 움푹 함몰했다.

그런 그의 뒤쪽에는 어느새 삼 공주가 집합해 있었다. 빈틈없이 나란히 서서 도철의 멋진 장면을 방해하지 않기 위해 대기하고 있었다.

한편으로 히로인들 또한 한곳에 모여 창백한 얼굴로 【마신】을 응시하고 있다. 이제 형세는 대등이 아니라 완전히 역전되어 버렸다.

"여, 여기까지일까요. 저희의 운명은 여기서……."

"포기하지 마, 시오리. 분하지만 저놈은 도저히 우리가 감당할 상대가 아니야……. 일단 지금은 물러나야 해."

"기다리세요. 저는 싸우겠어요. 긍지 높은 '상암의 혈족'이 적에게 등을 보이다니!"

"무모해 엘미라! 류가가 없을 때는 내가 지휘관이다!"

"그런 겁쟁이 같은 명령에는 따를 수 없어요!"

"두, 두 분 다 진정하세요. 지금은 다툴 때가 아닙니다!"

이 상황에서 히로인들이 삐걱거린다.

어쩔 수 없다. 【마신】을 앞에 두었으니까. 도철에게 싸울 생각은 없더라도 그녀들에게는 사활이 걸린 상황이니까.

'왠지 이런 흐름은…… 엄청 불길한 예감이 드는데…….'

히로인들 절체절명의 위기. 나는 애니메이션에서, 만화에서, 라이트 노벨에서 이런 장면을 몇 번이고 보았다.

그렇기에 불길한 예감이 든다. 이 뒤의 전개가 대강 예상된다.

'일반적으로 이럴 때 주인공이 나타나는 법이지. 만반의 준비를 하고 당당하게 달려오는 법이야. 그리고 그 녀석은…… 은근히 평범한 주인공이다.'

그런 걱정을 한 몇 초 후. 내 예감과 예상은 맞아떨어졌다.

역시 규칙이 어긋나는 일은 없었다.

"──거기까지다, 【마신】."

그런 늠름한 목소리가 들리자마자.

석양에 물든 붉은 하늘에서 한 소년이 강림했다. 15층 건물 옥상이건만 위에서 내려왔다.

찰랑대는 머리카락, 다소 작은 키와 마른 몸, 중성적이며 아름다운 얼굴. 여름방학인데 교복을 입고 두 눈동자에 강력한 빛을 띤, 진정한 화려함이 있는 소년.

"네 상대는── 내가 한다."

히로인들 앞에서 화려하게 착지한 소년은 이어서 【마신】을 날카롭게 노려보았다.

당연히 그건 히노모리 류가였다.

6

류가가 등장하면서 형세는 다시 달라졌다.

몇 가지 우여곡절을 거친 뒤 양쪽 진영의 대장이 등장하면서 최종적으로는 다시 대등해지는 것으로 정착했다.

각각 세 사람씩 동료 캐릭터를 거느리고 안광을 맞부딪친 주인공과 최종 보스…… 숨 막힐 만한 긴장감이 여기까지 전해진다.

"여어, 네가 현세의 【황룡】의 그릇인가? 만나서 반갑군."

"사흉 중 한 사람, 도철……. 이미 다음 【마신】이 부활했을 줄이야."

보이지 않는 불꽃을 튀기며 류가와 도철이 적의를 고스란히 드러낸 인사를 교환한다.

그야말로 일촉즉발. 제2부는 지금, 내가 계획한 기승전결을 모조리 쓰레기통에 버리고 단숨에 최종 결전으로 돌입하기 직전이다.

'다시 한번 계획을 재점검할 작정이었는데…….'

처음 예정으로 쳐도 이토록 스피디한 전개는 상정하지 않았다.

그야 제2부가 얼른 끝나는 게 제일 좋다. 아무리 그렇다지만 너무 달리는 거 아닌가? 모든 에피소드를 여기서 한 번에 소화해버려도 되는 건가?

'이래서야 꼭 연재를 중단당한 것 같잖아. 아직 【마신】은 두 놈이나 남았어!'

이러지도 저러지도 못하는 나를 무시하고 옥상에서는 여전히 양 진영이 노려보고 있다.

갑자기 계단 아래에서 사람들의 술렁거림이 멀찍이 들렸다. 이만큼 요란스럽게 소란을 피웠으니 당연하겠지.

"어이 히노모리 류가. 【현무】는 어쨌지? 다 함께 없애줄 테니까 어서 불러."

"리나는 지금 싸울 상태가 아니야."

"앙? 뭐라고?"

"배탈이 나서 뻗어 있다. 아이스크림을 너무 먹었어."

"칫…… 그러면 어쩔 수 없지. 쉬고 있어."

히로인들과 삼 공주가 하고 싶은 말이 있는 눈치였지만 결국 가만히 있었다.

마음은 잘 안다. 하지만 무시하는 게 정답이라고 생각한다. 이 국면에서 지적 따위 필요하지 않다.

……그건 그렇고 여전히 도철의 최종 보스다움이 장난 아니다. 좋아하는 류가를 앞에 두고서도 완벽하게 【마신】을 연기하고 있다. 사실은 좋아하고 싶을 텐데…….

'아니, 연기하고 있기는 류가도 마찬가지인가.'

류가도 류가대로 여자애 모드의 장난스러움 따위 지금은 어디에도 보이지 않는다. 장난꾸러기이기는커녕 평소의 세상사에 초연한 소년 모드와도 완전히 다른 사람이다.

두 사람 다── 각각 '주인공'과 '최종 보스'를 연기하고 있다.

실제 류가는 사랑에 목맨 아가씨이고, 실제 도철은 그것을 사랑하는 남자다. 조금도 티를 내지 않았다. 오로지 부여된 역할을 다하려 하고 있다.

주리도 '적 캐릭터' 역할에 목숨을 바치려 하고 있었다. 미온과 키키도 그렇다.

유키미야, 아오가사키, 엘미라도 충실히 '동료 캐릭터'를 맡고 있다.

여기에 있는 모두가 처한 포지션과 진지하게 맞서고 있다. 육체와 목숨을 걸고 있다. 거북이? 알 바 아니다.

'나는…… 이렇게 숨어 있어도 될까.'

사람에게는 저마다 역할이란 것이 있다. 나는 그것을 누구보다도 자각하고 있다.

제대로 된 제2부를 성립시킨다── 그렇게 결정하지 않았던가? 도철의 배려에 기대어 이대로 정말로 그릇임을 덮을 작정인가? 역할을 포기할 셈인가?

나는 친구의 프로이기 전에 조연의 프로가 아니었던가?!

'텟짱의 기개를 헛되이 할 수는 없어. 너도 각오하는 거야, 코바야시 이치로!'

그렇게 자신을 질타했을 때는── 나는 이미 발을 내딛고 있었다.

계단을 끝까지 올라가 똑바로 전장으로 향하고 있었다.

"!"

갑자기 등장한 나에게 일동의 주목이 집중된다. 경악과 당혹스러운 시선을 한 몸에 받으면서 나는 도철 옆에 나란히 섰다.

얼굴을 되도록 엄숙하게. 눈초리는 매처럼 예리하다. 양손은 넉살 좋게 주머니에 찔러 넣는다.

"이, 치로……?"

한동안 뜸을 들이고 류가가 그렇게 툭 중얼거렸다.

사태를 이해하지 못했는지 리액션이 약하다. 뒤의 히로

인들도 마찬가지다.

그런 그녀들에게 나는 보란 듯이 입가를 끌어올렸다. 그리고 세바스찬 같은 저음 목소리를 의식해서 억양 없이 말했다.

"이치로? 틀렸다. 나는 【마신】의 그릇── 도철의 숙주다."

그제야 류가와 히로인들에게 명확한 동요가 확산되었다. 모두의 얼굴에서 일제히 핏기가 가신다.

"이, 이치로, 무슨 말을 하는 거야……."

"지금의 나는 인류의 적. 도철과 함께 세계를 멸망시키는 것……. 그것이야말로 나의 바람. 이전에 코바야시 이치로라 불린 인격 따위 이제 조각조차 남지 않았다."

"마, 말도 안 돼……!"

"정정한다. 조각 정도밖에 남지 않았다."

위험했다. 저쪽으로 돌아가지 못 할 뻔했다. 아무래도 모든 게 애드리브다 보니 아무쪼록 발언에는 주의해야겠다.

"이치로가 【마신】 그릇…… 설마 최근에 줄곧 고민하고 있던 게……."

류가가 입술을 떨며 나오지 않는 목소리를 짜낸다. 거기에 히로인들의 말이 이어진다.

"그럼 코바야시 님이 가끔 이상해 보였던 건……."

"여태까지 미온이 코바야시를 공격하지 않았던 건……."

"코바야시 이치로가 이상하게 초인적인 몸놀림을 했던

건……."

얼마 지나지 않아 사태를 이해해준 그녀들에게 나는 광기를 머금은 미소로 대답했다. 악역일 때의 잭 니콜슨을 참고했다.

"그렇다! 그것은 나에게 【마신】이 깃들어 있었기 때문이다! 힘을 받으면서 정신을 조금씩 빼앗고 있었기 때문이다! 크크크…… 후하하하하하하—!"

결정타를 날리듯이 성대하게 웃어젖힌다. 폐활량의 한계까지 크게 웃었다. 마지막에 기침이 날 뻔했지만 간발의 차이로 간신히 버텼다.

'텟짱, 이만 물러나자.'

그와 동시에 나는 남몰래 도철에게 통신을 보낸다.

바로 응답이 왔다. 겉으로는 거만한 태도였지만 들려온 도철의 목소리는 상당한 당황하고 있었다.

'나리, 어째서 굳이 나온 겁니까……. 잠자코 있으면 방관자로 있을 수 있었는데…….'

'너한테만 더러운 역을 시키다니 얌체 같은 이야기였어. 【마신】과 그릇은 일심동체……. 이렇게 되면 나도 끝까지 함께할게.'

다만 최종 보스를 관철하겠다고 결정한 이상 다시 한번만 시나리오를 만져야겠다.

최종 결전에 어울리는 무대를 이쪽에서 준비하자.

제1부보다 초라한 이야기로 두지 않겠다. 반드시 흥을

돋워주겠다. 적과 아군 메인 캐릭터를 총동원해 손에 땀을
쥐는 뜨거운 최종 전투를 연출해주겠어!

"히노모리 류가. 그리고 유키미야 시오리, 아오가사키
레이, 엘미라 매카트니. 하는 김에 쿠로가메 리나에게도
전해라."

여전히 충격에서 회복하지 못한 류가와 히로인들에게
나는 다시 선고한다.

"사흘 뒤 오후 8시, 하천부지에서 기다리겠다. 그때까지
너희의 목숨, 유예해두마."

말하면서 재빨리 발길을 돌린다. 아무튼 오늘은 철수다.

곧 옥상에 사람들이 올 것이다. 들키면 우리도 류가와
히로인들도 귀찮아진다.

"그곳이라면 방해도 없겠지. 나의 맹우 · 혼돈이 잠든 장
소에서 이번에는 너희를 잠재워주겠다."

'맹우도 뭣도 아닌뎁쇼.'

걷기 시작한 나에게 도철이 그런 소리와 함께 따라온다.
삼 공주도 얌전히 따라주었다.

다행히도 류가는 따라오지 않았다. 대신에 내 등을 향해
그녀의 비통한 외침을 쏟아낸다.

"이, 이치로오오오오오——!"

안타까웠지만 나는 반응하지 않았다. 마음을 독하게 먹
고 무시했다.

지금의 나는 적이니까.

친구도 세미남친도 아니고—— 최종 보스이니까.

4장 격돌, 류가 VS 이치로

1

류가에게 선전 포고를 한 뒤.

그대로 도철은 가는 길에 이렇다 할 대화도 없이 집으로 바로 돌아갔다. 도착했을 때는 벌써 저녁 7시였다.

먼저 들어간 미온이 모두의 슬리퍼를 재빠르게 준비했다. 사도에게 이런 소리를 하기는 그렇지만, 이 녀석은 틀림없이 좋은 신부가 될 거다.

"미온. 오늘 저녁은 배달시킬까?"

"아니야. 이치로 군이 기다려준다면 서둘러 만들게. 다만 그 전에……."

먼저 거실로 가라고 재촉하더니 느닷없이 주리가 바닥에 넙죽 엎드렸다. 인간체로 돌아온 그 미모를 부끄러움에 일그러뜨리며 숙연히 사죄한다.

"도철 님, 이치로 님…… 이번에 제멋대로 행동해 정말로 죄송합니다. 어떠한 처벌도 받을 각오가 되어 있습니다."

그런 그녀를 따라 미온과 키키 역시 무릎을 꿇고 고개를 숙였다.

"저희도 죄송합니다."

"깊이 반성함미다."

여기서도 연대감을 발휘하는 삼 공주를 보며 나는 쓴웃

음을 지으며 고개를 내저었다.

"신경 쓰지 마. 이번 일은 나에게 가장 큰 책임이 있어. 언제까지고 꾸물거려서 미안해."

"아니야, 이치로 군은 잘해줬어."

"키키도 그렇게 생각함미다. 이치로 남작은 훌륭한 대장임미다."

"이치로 님께는 이치로 님의 생각이 있었는데……. 그처럼 성급한 짓을 저질러서……."

아무튼 주리에게는 부상을 치유하도록 명령하고 나는 저녁이 될 때까지 방에서 도철과 일대일로 이야기하기로 했다.

……정말로 사과해야 할 사람은 나다.

지금까지 나는 자기 보신만 생각하며 도철이 이를 운명 따위 조금도 신경 쓰지 않았다. 삼 공주의 실수를 나무랄 자격 따위 나에게는 없다.

'하지만 나도 각오를 굳혔어. 친구 캐릭터로 돌아가는 건 그다음 일이야. 지금은 제2부의 분위기를 고조시키는 것만 생각하겠어……. 최악의 경우 도철과 함께 운명을 다하게 되더라도.'

방에 들어가자마자 도철이 나에게서 나왔다. 조금 전 전투 모드가 아니라 평소의 내 모습이다.

"어째 여러모로 급 전개가 되어버렸네요."

침대에 책상다리를 하고 앉으면서 도철이 관자놀이를

굼적인다. 마치 남의 일 같다.

"나리, 정말로 이걸로 괜찮으세요? 계속 숨어 계셨으면 좋았을 것을……."

이 마당에 도리어 나를 신경 쓰다니 정말이지 사람 좋은 놈이다.

전부터 생각했지만 솔직히 이 녀석은 【마신】에 어울리지 않는다. 과거에 도철이 어땠는지는 모르겠지만 적어도 지금의 그는 그저 미워할 수 없는 흥 많은 녀석일 뿐이다.

"그건 내가 할 말이야. 너야말로 정말로 괜찮았던 거야?"

"뭐가요?"

"류가와 싸우게 되어버렸잖아."

"그건 물론 우울하지만……. 하지만 최종 보스를 하기로 정한 건 저인걸요. 열심히 잘 당해보겠습니다."

"그게 무슨 의미인지 알아? 죽어버린다고! 소멸해버린다고! 너…… 나를 원망하지 않는 거야?"

"소멸? 제가요? 그게 무슨 논립니까?"

……어라?

"아니, 류가에게 당한다는 건 제1부의 혼돈처럼……."

"【마신】은 그렇게 약해빠지지 않았습죠. 그보다 안 죽어요."

"무, 무슨 말이야?!"

"뭐고 자시고 우리 【마신】을 쓰러뜨린다는 건 다시 잠재울 뿐이에요……. 사도조차 죽지 않는데 우리가 죽을 리가 없습죠."

도철은 죽지 않아? 【마신】은 소멸하지 않아?

그럴 리가 없다. 왜냐하면 제1부의 혼돈은 실제로 소멸했잖아. 류가와 히로인들의 합체 공격을 받고 안개처럼 사라졌잖아.

"그럼 혼돈은 어떻게 된 거야! 설마 아직 쿄카에게 깃들어 있는 건가?!"

"깃들어 있습죠."

"태연히 중대 발표하는 거 아냐! 그런 설정은 첨 들었다고!"

"그래도 상당한 대미지를 받은 것 같으니까 또 몇백 년은 부활하지 못하겠죠. 쿄카에게 위험은 없어요."

"하지만 존재하는 거잖아?!"

"옙. 숙주는 그렇게 간단히 바꿀 수 없으니까요."

……그러고 보니 전에 도철이 말했다. 【마신】이 숙주를 바꾸려면 조건이 있다고.

──깃든 그릇이 죽어버리는 것.

──지금의 숙주가 살아 있다면 본인에게서 '이사' 허가를 받을 것.

정말로 【마신】이 소멸하지 않았다면 둘 중 하나의 조건을 만족하지 않는 한 숙주가 그릇의 역할에서 해방되는 일은 없다.

쿄카는 【마신】을 몸에 담은 채 한평생을 줄곧 보내게 된다.

그리고 그건…… 나도 마찬가지다.

"말해두지만 저는 혼돈처럼 어설픈 짓은 하지 않습니다. 절대로 최종 전투에서 살아남아 보이겠습니다. 그리고 개과천선한 걸로 할 겁니다."

"개, 개과천선이라고……."

"떳떳하게 무해한 텟짱이 되어 류가땅과 친구가 되겠습니다. 그러면 이제 숨을 필요도 없어지겠죠."

"그럼 뭐야? 너는 앞으로도 나의 변칙 도플갱어로 있을 생각이야?!"

"앞으로도 잘 부탁드립니다."

도철이 오른손을 내민다. 나는 악수에 응하는 대신에 【마신】의 뺨을 짝하고 때렸다.

요컨대 도철은 처음부터 현재 상태를 유지할 작정이었다. 얼른 최종 보스 역할을 마치고 류가와 화해할 생각이다. 걱정해서 손해 봤어! 역시 나는 옥상에 숨어 있을 걸 그랬어!

"아, 아프잖아요! 지금 건 비겁한 레슬러가 할 짓이라구요!"

"네가 내 몸에 있으면 일반인으로 돌아갈 수 없잖아! 류가의 친구는 나 혼자로 충분해! 소멸하지 않는다면 순순히 당해서 얌전히 잠들어!"

"죄송함다! 류가땅과 만날 수 있는 건 이 시대뿐이거든요!"

"알 게 뭐야! 잠들지 않으면 다이빙엘보를 먹여주마!"

"폭력은 아무것도 해결하지 않습니다!"

"그게 【마신】이 할 말이냐! 너는 오늘 밥 없어!"

"너무해! 학대다! 아동상담소에 달려갈 겁니다!"

"무슨 【마신】이 그래! 정말로 너는 누구를 닮은 거야!"

둘이서 우당탕 난리를 치면서 서로의 목을 조르고 있을 때——.

"이치로 군, 큰일이야!"

앞치마 차림의 미온이 안색이 달라져서 뛰어 들어왔다. 어쩐지 저녁의 데자뷰 같았다.

"뭐야, 미온. 보시다시피 지금 좀 바빠서——."

"손님이 왔는데……."

"손님? 우리 집에?"

소란스러워서 초인종 소리를 듣지 못했다. 방의 벽시계를 보니 시각은 7시 반. 손님이 오기는 조금 늦은 시간이다.

물론 누군가를 초대한 기억은 없다. 미온이 이상하게 허둥대는 게 마음에 걸린다.

혹시 류가와 히로인들인가? 사흘 뒤 약속을 무시하고 쳐들어왔다?!

"미온, 누가 온 거야?"

"그게, 그…… 쟤는 분명히……."

미온이 난처한 얼굴로 모호하게 말을 흐린다. 아무래도 류가는 아닌 것 같았다.

그러자 그녀의 등 뒤에서 키키가 얼굴을 휙 내밀었다. 함께 따라온 듯한 바가지머리 여자애는 웬일로 쭈뼛거리는 눈길로 나를 쳐다보았다.

"이치로 남작, 도철 남작. 굉장한 사람이 와쭙니다."

"굉장한 사람?"

"키키의 코는 속일 수 업쭙니다. 곤란하게 돼쭙니다."

알아들을 수가 없어서 일단 현관으로 가기로 했다. 도철은 내 안에 집어넣었다. 내가 둘 있으면 상대방도 당황스러울 테니까.

이상하게 긴장한 얼굴의 미온과 키키를 데리고 손님과 대면했는데──.

"아, 안녕하세요 코바야시 오빠. 갑자기 찾아와서 죄송합니다……."

그렇게 말하며 고개를 숙인 사람은 내가 잘 아는 양 갈래머리 미소녀였다.

"쿄, 쿄카……?"

그렇다, 쿄카였다.

류가의 여동생이자 【마신】 혼돈의 그릇인 그 히노모리 쿄카다.

나는 어제 있었던 일을 퍼뜩 떠올렸다. "저 되도록…… 언니에게는 비밀로 코바야시 오빠에게 상담하고 싶은 문제가 있어요."──쿄카가 그렇게 말하며 전화번호를 알려 달라고 했다.

"사실은 미리 연락하려고 했는데 상황이 바뀌어서…….
오빠, 지금 시간 괜찮으세요?"

"그, 그건 상관없지만 너야말로 괜찮아? 이런 시간에 돌
아오지 않으면 류가가 걱정할 텐데……."

그보다 여동생이 최종 보스의 집을 방문한 걸 알면 그
거야말로 류가가 날아올 사유다. 무대를 빌딩 옥상에서
코바야시의 집으로 바꾸어 다시 최종 결전에 돌입하고 말
것이다.

미안하지만 상담은 다음에 하자…… 그렇게 판단한 찰나.

쿄카의 입에서 생각지도 못한 말이 튀어나왔다.

"이제 느긋하게 있을 시간이 없어졌어요. 언니랑 코바야시
오빠가 옥상에서 그렇게 된 이상은."

"어——."

"그래서 서둘러 찾아왔어요. 언니에게는 '친구네 집에
저녁 초대를 받았다'고 메시지 보냈으니까 괜찮아요."

그렇게 말하는 쿄카를 나는 경악으로 굳은 채 응시했다.

옥상에서 있던 일을 어째서 쿄카가 알고 있지? 그걸 알
면서 어째서 여기에 왔지? 류가에게도 비밀인 상담이 대
체 뭐야?

동요를 숨기지 않는 나를 쿄카가 가만히 올려다본다.

문득 내 머릿속에 조금 전 도철과 나눈 대화가 번뜩였다.
【마신】혼돈은 지금도 쿄카에게 깃들어 있다—— 그녀는
그릇인 채라는 중대 발표 말이다.

"갑작스럽지만 코바야시 오빠에게 소개하고 싶은 사람이 있어요. 혹시 예상은 했는지도 모르지만……."

다음 순간. 쿄카의 등 뒤에 그림자가 나타났다.

그림자는 눈 깜짝할 사이에 거대해지면서 양 갈래머리 소녀에게서 분리하듯이 별개의 존재가 된다. 그리고 이윽고 완벽하게 그 모습을 실체화했다.

"뭐야……!"

2미터는 될 법한 덩치 큰 아저씨였다.

제멋대로 자란 봉두난발에 야성적인 산적 수염, 그리고 기골이 장대한 딱 바라진 체형……. 내 마음대로 이미지로 말하면 뇌가 근육으로 된 전국 무장 같은 풍채다.

"휴우…… 드디어 허락이 떨어졌군. 역시 사바의 공기는 맛있어."

아저씨가 비주얼과 어울리는 말을 했다. 이어서 고개를 우득우득 돌리고 머리를 긁적거린다. 동작도 딱 비주얼 그대로다.

갑작스럽게 나타난 지저분한 아저씨에게 내가 말을 잃어버리자.

"혼돈이잖아! 너, 잠든 거 아니었어?"

내 옆에서 그런 얼빠진 소리를 질렀다. 돌아보니 어느새 멋대로 나타난 도철이 입을 떡 벌리고 아저씨를 삿대질하며 가리켰다.

……그렇다는 건 역시 이 녀석은 【마신】 혼돈인가.

최종 전투 때와는 모습이 좀 다르지만. 그건 도철과 마찬가지로 전투모드였던 걸까. 그보다 캐릭터도 좀 다르다. 좀 더 위엄이 있었을 텐데.

"여, 텟짱, 오랜만이잖아. 마지막으로 만난 게 이천 년쯤 전인가?"

씩 웃으면 혼돈이 한 손을 든다. 담백한 태도와는 달리 안광이 불온하게 번뜩였다.

그 눈빛에 도철도 지지 않으려고 살기등등하게 동포를 노려본다.

"누구보고 텟짱이라는 거야, 이 자식아. 술독에 빠진 산적 같은 모습을 해서는."

"그러는 네놈은 꽤나 못나졌군. 그래서야 여자도 안 붙겠어."

지금 엄청나게 디스 당한 기분이다.

……문득 뒤를 보니 그곳에는 나란히 무릎 꿇은 미온, 주리, 키키가 있었다.

그렇군. 그녀들의 상태가 이상했던 건 이런 이유였나.

사도가 섬기는 주인은 통상이라면 그 시대에 한 사람뿐…… 잠들었다고 생각한 혼돈이 살아 있다는 아닌 밤중에 홍두깨 같은 사태에 삼 공주도 당황했겠지.

좁은 현관에서 여전히 위태롭게 서로 노려보는 사흉의 두 사람. 이전에 도철이 말한 것처럼 역시 【마신】들은 사이가 나쁜 듯하다.

그때 쿄카가 나무라듯이 혼돈을 팔꿈치로 찔렀다.

"혼돈 씨. 코바야시 오빠에게도 제대로 인사해."

"아? 아아, 미안하다 쿄카땅."

……쿄카, 땅?

나를 비롯해 일제히 입이 떡 벌어졌다. 두 사람의 관계성이 좀처럼 보이지 않는다. 어쩐지 쿄카 쪽이【마신】을 휘두르고 있는 것처럼 느껴진다.

점점 더 혼란스러워지는 나에게 혼돈이 시선을 이동했다. 그리고 잘 울리는 굵고 탁한목소리로 말한다.

"꼬마, 잘 부탁한다. 사흉의 혼돈이다."

"아, 네에."

이어서 혼돈의 두 눈동자가 내 뒤에 있는 삼 공주에게 돌아갔다.

"오우 삼 공주, 언제까지 쿄카땅을 현관에 세워둘 셈이지? 안으로 초대해서 차를 내와."

그 거만한 재촉에 삼 공주는 "예, 옛" 하고 한목소리로 대답했다.

미온이 이쪽을 흘끔 살피며 '이치로 군…… 괜찮아?' 하고 눈으로 물어서 나는 하는 수 없이 고개를 끄덕였다.

──류가와의 결전을 앞두고 또다시 변칙적인 문제가 발생하고 말았다. 제1부의 최종 보스인【마신】혼돈이 재등장해버렸다.

긴박하게 돌아가는 사태. 그러나 시간은 기다려주지 않

는다.

불안 요소를 한 가지 추가한 채…… 나는 사흘 뒤의 최종 전투를 맞이하게 되었다.

2

이치로가 【마신】 도철의 그릇이었다——.

그 악몽 같은 사실을 제대로 받아들이지 못한 채 나…… 히노모리 류가는 드디어 결전 당일을 맞이하고 말았다.

'쿄카뿐만 아니라 이치로까지 빙의체였다니…….'

코바야시 이치로라는 소년은 우리와 마찬가지로 이능력 자가 틀림없다—— 일찍이 【마신】 혼돈의 공격을 받고도 다치지 않은 그를 보고 나는 그렇게 확신했다.

신중하지 못한 행동이겠지만 그런 사실에 설레는 자신 이 존재했다. 일상뿐만 아니라 비일상에서도 그의 곁에 있 고 싶다…… 줄곧 바라던 일이었으니까.

그런데 이럴 수는 없다. 이치로가 적이 되다니. 싸워야 한다니.

'애써 최근에 거리가 확 줄어들었다고 생각했는데……. 조금만 더 있으면 정말로 연인이 될 것 같았는데…….'

하지만 이렇게 되어버린 이상은 어쩔 수 없다. '용신의 계승자'로서 내가 할 일은 단 한 가지.

도철을 치고 이치로를 되찾는다. 그 수밖에 없다.

【마신】만 쓰러뜨리면 이치로는 그 그릇에서 해방될 것이다. 쿄카도 그렇게 구해냈다. 이번에도 똑같은 일을 할 뿐이다……. 오늘을 대비해 컨디션도 만전을 기했다.

'혼돈에게서 해방된 쿄카는 저렇게 건강해졌는걸. 틀림없이 이치로도…….'

그리고 쿄카는 점심부터 '친구를 만난다'며 나가서 돌아오지 않았다.

어떤 친구인지 물어도 별로 설명하고 싶어 하지 않았다. 겨우 사흘쯤 전에도 9시가 넘어서 돌아온 쿄카를 혼냈다.

'혹시 남자친구인가……. 지금은 쿄카를 걱정할 때가 아니지.'

이러는 동안에도 분명히 이치로는 【마신】의 정신지배에 괴로워하고 있을 거야. 희미하게 남은 의식으로 사랑하는 사람의 이름을 부르고 있을 거야. 그래, 내 이름을.

'이치로, 기다려. 꼭 구해줄 테니까!'

새삼 투지를 불태우고 굳은 결의로 저택을 나왔을 때.

"류짱, 기다렸어!"

오른쪽 길에서 리나가 기운 넘치게 다다다 달려왔다.

아무리 봐도 기다린 분위기가 아니다. 지금 막 온 참이다. 이 소꿉친구는 옛날부터 마이페이스다. 수호신이 거북이이기 때문인지 이상하게 느긋한 성미다.

……하지만 권법가로서의 재능은 천하일품. 원래부터 특출한 강인함을 지닌 그녀는 이능력에 눈뜬 것으로 【현

무】의 강력하기 이를 데 없는 방어력까지 손에 넣었다.

혼돈과 싸움에는 늦었지만 이번에는 처음부터 리나가 있다.

리나는 이른바 우리 쪽의 조커다.

"리나, 배 아픈 건 이제 괜찮아?"

나란히 걸으면서 리나에게 그렇게 확인해둔다.

시각은 오후 7시 20분. 지정된 8시에는 아직 조금 이르지만, 도중에 있는 공원에서 시오리, 레이 선배, 엘과 합류하기 위해 여유를 두었다. 리나만은 옆집이란 것도 있어 지각방지를 겸해 집 앞에서 했다.

"응, 이제 말짱해! 잇군이 큰일 났는데 누워만 있을 수는 없지!"

"믿고 있어, 리나."

"맡겨둬! 아무튼 나는 그거니까! 서, 성벽의."

"'성벽의 수호자'야."

"맞아 맞아, 그거야 그거!"

"설마 옆집의 쿠로가메 댁이【현무】를 전승한 가계였다니 생각도 못 했지만."

"아이쿠~. 나도!"

그런 그녀에게 "이런 이런"하고 말장구를 치면서 이내 공원으로 도착했다.

아직 세 사람은 오지 않았다. 누구 한 사람도 그곳에 모습이 보이지 않았다.

시계를 보니 정각 7시 반. 이미 약속 시간이다. 엘미라만이라면 모를까 성실한 시오리와 레이 선배까지 늦는 일이…….

"모두 늦네. 지각은 내 전매특허인데."

태평하게 그런 소리를 하는 리나와 달리 내 마음은 불길한 예감에 술렁였다.

"불길해. 설마 무슨 일이 있는 건……."

그때. 내 걱정을 긍정하듯이 주머니 안에서 휴대전화가 울렸다.

바로 꺼내 확인하니 발신자는 유키미야 시오리. 그 자리에서 통화버튼을 눌러 휴대전화를 귀에 댔다.

"히노모리 군! 공원에 있습니까!"

곧장 들린 유키미야의 목소리가 무시무시했다. 명백히 비상사태였다.

"그래. 이미 공원에 있어. 무슨 일이 있었지, 시오리."

"사도입니다! 옥상에서 싸운 간부급 세 사람이 나타나서……."

예기치 못한 말에 나는 눈을 부릅떴다.

아니, 예상해두어야 하는 일이었다. 적은 악랄한 '나락의 사도'다. 기습 가능성은 당연히 경계해야 했다.

이치로 때문에 충격을 받았다지만 그런 준비조차 손을 놓고 말았다……!

"바로 갈게! 장소는 어디지!"

"아뇨! 히노모리 군은 하천부지로 가주세요!"

외치듯이 물었지만 시오리는 도움을 거절했다.

"불행 중 다행입니다만, 레이 씨와 엘미라 씨가 합류한 참이었습니다! 사도를 반드시 쓰러뜨리고 금방 달려가겠습니다!"

"류가! 우리를 믿어!"

"사신을 우습게 보면 곤란해요!"

전화 너머에서 이어서 레이 선배와 엘의 목소리가 들렸다. 그 목소리에 뒤섞여 전투의 기척도 전해졌다. 이미 전투가 시작된 것이다.

"하, 하지만……."

"히노모리 군, 부탁드립니다! 부디 코바야시 님을, 코바야시 님을 구해주십시오!"

"코바야시를 부탁한다! 이런 형태로 그를 잃을 수는 없어!"

"코바야시 이치로를 부디 잘 부탁해요!"

내 대답을 기다리지 않고 거기서 전화는 뚝 끊겼다.

그녀들의 결의 표명. 동시에 냉정한 상황 판단이 틀림없었다.

약속 시간에 가지 않으면 도철은 무엇을 할지 모른다. 적극적으로 도시를 파괴할 우려도 있다……. 그렇기에 세 사람은 나에게 부탁하며 맡긴 것이다.

"시오짱이 뭐래?"

리나가 휴대전화를 꽉 쥔 내 얼굴을 들여다본다.

나는 사태를 알리기도 전에 어느새 그 자리에서 달려나 갔다.

"리나! 하천부지로 가자!"

"응? 무슨 일이야? 다른 애들은?"

허둥지둥 따라오는 리나에게 "달리면서 설명할게!"라고 대답하고 쏜살같이 공원을 달렸다.

동료들의 마음을 헛되이 할 수는 없다. 도철을 쓰러뜨려 야 할 이유가 하나 늘었다.

세 사람이 이상하게 이치로의 신변을 걱정하는 것이 조 금 마음에 걸렸지만…… 지금은 생각하지 않기로 했다.

3

해가 진 인기척 없는 하천부지에서 나는 우뚝 선 채 류 가가 오기를 기다렸다.

시간은 7시 40분. 약속 시간까지 아직 조금 남았지만 혹 시 몰라 일찍 대기한다. 최종 보스답게 당당히 기다리고 싶었기 때문이다.

……드디어 이날이 오고 말았다.

몇 번이나 류가에게 '결전 연기에 대한 사죄와 알림'을 보내려 했지만 이제 하는 수밖에 없다.

나는 류가와 싸운다. 【마신】의 그릇으로서. 흑막으로서.

조연으로서.

'어때 텟짱. 이 검은 코트, 어울려?'

'또 꺼내왔군요. 정말이지 나리는 형태부터 만드는 사람이네요.'

도철의 코멘트에 "그렇지, 뭐"라고 대답했을 때. 내 휴대전화 알림이 울렸다.

쿄카가 보낸 메시지다. 그러나 사실 보낸 사람은 미온이다. 우리 부하들은 휴대전화가 없기 때문에 오늘만은 쿄카에게 빌렸다.

'이치로 군에게. 예정대로 히노모리 류가의 동료 세 사람 발을 묶었어. 정말로 【현무】는 방치해도 되는 거야?'

그 내용을 보고 나는 "좋아" 하고 고개를 끄덕였다. 일단 잘되고 있다……. 계획대로다.

히로인 삼대장이 늦음으로 최종 결전의 긴장감도 크게 더할 것이다.

쿠로가메 리나는 이쪽에 맡기면 된다. 실컷 농땡이 친 만큼 그녀가 제2부의 키퍼슨이 되게 하겠다.

'미온에게. 적당히 삼사십 분 정도 상대하고 후퇴해. 사령탑은 너에게 맡긴다.'

재빨리 그렇게 대답하자 조금 뒤에 다시 메시지가 왔다. 역시 여고생풍 사도, 이미 휴대전화를 완벽하게 다루고 있다.

'알겠어. 그리고 또 한 가지. 나는 앞으로도 혼돈 님이

아니라 도철 님을 섬기기로 했어. 도철 님의 그릇은 이치로군이잖아.'

마지막에 반짝반짝 움직이는 하트마크까지 붙어 있었다. 역시 완벽하게 사용하고 있다.

기분 탓인지 또 쓸데없는 플래그가 선 듯한 느낌이 드는데…… 유감이지만 나에게는 미온의, 삼 공주의 친애를 받을 자격 따위 없다.

이 최종 결전은 지는 것이 전제로 된 레이스니까.

나는 결국 그 뒷사정을 삼 공주에게 전하지 않았다. 그녀들이 "우리끼리만 하는 얘기지만 지금 생활도 꽤 괜찮지 않아?"라고 이야기하는 대화를 들었을 때는 큰 죄책감을 느꼈다.

'하다못해 다음 【마신】이 부활할 때까지는 세 사람을 부양하자.'

내가 삼 공주에게 할 수 있는 보상은 그 정도밖에 없다. 이제는 그럭저럭 정도 들었다.

'뭐, 전부 최종 전투를 성공시키고 나서의 이야기지만.'

──그러자 그때. 전방의 어슴푸레한 어둠 속에서 이쪽으로 달려오는 두 명의 그림자가 보였다.

교복 차림의 가는 그림자와 권법 도복 차림의 작은 체구의 실루엣. 말할 필요도 없이 류가와 쿠로가메였다.

'지정한 8시보다 빨리 왔나. 역시 미리 와서 대기하고 있기를 잘했어.'

나에게서 5미터쯤 거리를 두고 두 사람이 멈추어 선다.

거칠게 숨 쉬며 나를 응시하는 쿠로가메. 대조적으로 류가는 고뇌에 찬 표정이었다.

"이치로……."

한 가닥 희망에 매달리듯이 이름을 부르는 류가에게 나는 사악하고 차가운 미소로 대답한다. 악역일 때의 안젤리나 졸리를 참고했다.

"훗. 두 사람뿐인가? 아무래도 다른 사신 놈들은 내 부하의 공격을 받은 모양이로군. 모든 것은 내 계산대로다. 크크크…… 후하하──."

연습으로 물이 오른 큰 웃음을 지으려던 순간.

어느새 눈앞에 쿠로가메가 있었다. 앞뒤 생각하지 않고 돌진해왔다.

"야이 【마신】! 잇군을 돌려내!"

호통과 함께 쿠로가메가 주먹을 날렸다.

나는 그 일격을 종이 한 장 차이로 가드했다. 막은 왼팔이 으드득하고 끔찍한 소리를 냈다.

"말도 안 돼?! 내 주먹을 한 손으로……!"

"훗. '성벽의 수호자'의 힘이 이 정도인가? 참으로 무르군……. 결국은 인간인가."

경악하는 쿠로가메에게 나는 다시 냉소를 보낸다. 사실은 심장이 벌렁거렸다.

'바, 바보야! 문답무용으로 덤비지 마! 그보다 팔, 완전

아프잖아! 갑자기 최종 보스에게 심각한 대미지를 주지 말라고!'

눈물을 숨기며 쿠로가메의 손목을 잡고 있는 힘껏 날려버렸다.

쿠로가메는 "아왓!" 하고 당황하면서 공중에서 고양이처럼 몸을 비틀어 류가 옆에 쿵 하고 착지했다. 이 녀석의 체술의 대단함은 나도 알고 있다.

"리나, 함부로 덤비면 안 돼! 그래도 상대는 【마신】이야!"

"아이쿠――, 미안 류짱……."

그렇다 류가, 좀 더 혼내줘. 전투 전에는 대화가 있다는 양식미를 가르쳐줘.

마음을 가다듬고 나는 다시 두 사람에게 고한다. 다시 거북이에게 얻어맞기 전에 얼른 진행해야 한다.

"홋. 그렇게 서두르지 마라, 【현무】. 먼저 게스트를 소개하지. 이 결전에 어울리는 재미있는 게스트를 말이지."

류가와 쿠로가메가 의아해하며 눈살을 찌푸린다.

……자. 먼저 클리셰대로 주인공 쪽은 위기에 빠지게끔 하겠다. 절망적 서프라이즈를 선보여 전에 없던 궁지를 맛보게 하자.

나는 천천히 한 손을 들고 손가락을 딱 하고 울렸다. 그것을 신호로.

옆 풀숲에 숨어 있던 소녀가 벌떡 일어났다.

"!"

그 모습을 보자마자 기대대로 류가와 쿠로가메가 숨을 삼킨다. 놀라는 것도 당연하다.

류가에게도, 쿠로가메에게도 너무나 친근한 소녀였던 탓이다.

"쿄, 카……?"

"말도 안 돼, 어째서 쿄짱이?!"

할 말을 잃은 두 사람을 양 갈래머리 소녀가 조용히 돌아본다.

그 눈에는 검은 선글라스를 꼈다. 연극에 익숙하지 않아서 표정을 숨기기 위해 빌려주었다.

"쿄, 쿄카…… 왜 이런 곳에……."

"──쿄카가 아니야."

사고가 정지된 듯한 류가에게 쿄카가 불손하게 대답한다. 긴장했는지 목소리가 미묘하게 갈라졌다.

"나는 【마신】의 그릇── 혼돈의 숙주다."

4

쿄카의 등장은 류가와 쿠로가메의 핏기를 가시게 하기에 충분했다.

밤의 하천부지가 쥐 죽은 듯이 고요하다. 일대에 후텁지근한 바람이 분다.

치가야마산으로 놀러 간 네 사람이 설마 이런 형태로 다시 한자리에 모이게 될 줄이야……. 솔직히 나도 생각지 못했다. 사흘 전, 쿄카가 집으로 찾아오기 전까지는.

"쿄, 쿄카, 지금 뭐라고 했어……? 혼돈은 분명히 내가 물리쳐서……."

충격이 컸기 때문인지 류가의 말투가 여자애로 돌아와 버렸다. 음, 이 자리에 있는 건 그녀의 비밀을 아는 사람밖에 없으니 크게 상관은 없겠지.

그런 언니를 무시하고 쿄카는 온몸에서 방대한 사기를 발산했다.

시커멓고 불길한 사기가 그녀의 등 뒤에서 사람 모습을 형성하고 기골이 장대한 거한이 된다. 이마에 뿔 하나가 난 마귀 같은 위용……. 이전에 쓰러뜨렸을 【마신】 혼돈이었다.

그와 동시에 나도 곧바로 사기를 발산했다.

'나와! 텟짱!'

'오, 제 차례군요.'

그런 대화와 함께 곧이어 내 뒤에 칠흑의 청년이 나타났다. 날씬하게 키가 큰 양 같은 한 쌍의 뿔이 난 이형 괴물…… 【마신】 도철이다.

"【마신】이 둘……!"

"이, 이런 얘긴 못 들었어!"

이제는 더할 나위 없는 혼란에 빠진 두 사람에게 쿄카가 연타를 가하듯이 격하게 말한다.

"【마신】은 죽지 않아. 쓰러뜨리더라도 다시 잠들 뿐이닷. 그리고 나 혼돈은 아직 힘이 조금 남아 있었닷. 아슬아슬 하게 잠을 피했닷."

좋아. 용케 씹지 않고 말했구나, 쿄카. 우선 정보 제시는 클리어다.

······이번 최종 전투에 앞서 나는 '쿄카와 혼돈의 존재'를 짜 넣어 새로운 시나리오를 만들었다. 기승전결이 아닌 서 급파의 삼 단계 흐름으로 입안했다.

서(序)—— 작전 페이즈1. 주인공의 크나큰 위기.

히로인들과 나뉜 데다 두 명의 【마신】이 류가 앞을 가로 막는다. 내가 시청자였더라도 "잠깐만! 이거 장난 아니잖 아?!"라며 화면에 매달리겠지.

'사실은 여기서 〈다음 화에 계속〉을 하고 싶은 참이지 만······ 그런 말을 할 때가 아니지.'

거북이에게 세게 맞은 왼팔 상태를 티 안 나게 확인하고 아픔이 물러가는 것에 안도하면서 나는 쿄카에게 지시한다.

"혼돈이여. 너는 【현무】를 해치워라. 히노모리 류가는—— 내가 쓰러뜨리겠다."

"아, 알겠다!"

쿄카가 대답한 직후. 나는 땅을 찼다.

도철을 따라 일직선으로 류가에게 돌진했다.

한순간 기가 죽은 표정을 지었지만 류가는 이내 반응했다. 온몸에서 황금빛 오라가 넘쳐나고 거대한 용의 모습을 형성했다.

"신위해방——【황룡】!"

"오우! 나왔군 론따…… 아니, 가증스러운 【황룡】!"

순식간에 류가의 머리 위에 나타난 황금룡을 맞아 싸우기 위해 도철이 날개를 펼치고 날아오른다.

그 모습을 곁눈으로 보며 나는 류가를 향해 주먹 연타를 날렸다. 【황룡】은 도철에게 맡기고 나는 류가와의 일대일 승부…… 그런 순서다.

여주인공의 세미남친이 적의 우두머리였다—— 이 구도가 제2부의 '핵심'이다.

그렇다면 '히노모리 류가 VS 코바야시 이치로'는 절대로 뺄 수 없는 필수사항이다. 우리가 주먹을 주고받는 것은 피할 수 없는 플롯(운명)이다!

나의 노도 러시를 류가가 민첩하게 피한다. 아직 나와 싸우는 데 저항감이 있는지 오로지 방어만 하고 있다.

"큭, 【마신】이 죽지 않는다니 그런 일이……!"

"왜 그러지, 히노모리 류가! 자 덤벼라! 나를 쓰러뜨려 봐라!"

"이치로를 직접 공격하다니 나는 할 수 없어!"

"아직도 그 같은 말을! 네놈은 제1부…… 아니, 혼돈과 싸움에서 무엇을 배웠지! 여동생을 공격하지 못하는 연약함 때문에 코바야시 이치로를 잃을 뻔한 것을 잊었는가!"

악역 주제에 다소 설교적이지만 아무래도 조절하기가

어렵다.

그건 그렇고 조금 전부터 공격이 전혀 맞지 않는다. 애쓰고 있는데 스치지도 않는다.

도철이 가진 특질 상 그가 분리해 있어도 내 신체능력은 강화된 상태다. 원격 통신이 가능한 것도 그 덕분이고 원래 나도 운동신경은 좋은 편이다.

그래서 좀 더 내몰 수 있을 줄 알았는데⋯⋯. 과연 주인공, 전투 센스가 급이 다르다.

"눈을 떠 이치로! 【마신】의 지배에 지지 마! 연인으로서 부탁이야!"

"그런 관계 친구로 되돌려주마!"

재빨리 위쪽을 흘끔 보니 【마신】이 분투하고 있었다.

온몸을 휘감는 【황룡】의 머리에 쿵쿵 엘보를 먹이고 있다. 좀 더 멋지게 싸울 수 없는 걸까.

──한편 우리에게서 몇 미터 떨어진 곳에서는 쿠로가메가 혼돈에게 고전 중이었다.

실체화한 【현무】를 적과 싸우게 해서 자신은 사각에서의 공격을 시도하려 했지만 모조리 혼돈에게 막혔다. 하지만 혼자서 【마신】과 맞서는 건 대단하다.

"쿠, 쿠로가메류 아르켈론권을 전부 전수받은 내가 이토록 접근할 수 없다니!"

"소용없는 짓이다 【현무】여. 고작 사신이 나에게 이길 거라 생각하지 마라."

혼돈이 이전 캐릭터로 돌아왔다. 보기와 달리 연기파다. 사실은 덤벙대는 아저씨란 것을 절대로 류가에게 알려서는 안 된다.

"가메오 군! 좀 더 빨리 움직여!"

"가메오는【현무】를 말하는 건가? 거북이에게 무리한 요구를 하는군."

꼬리가 뱀인 바위 같은 거대한 거북이가 필사로 혼돈을 물고 늘어지려 했다. 상당히 기특한 수호신이다.

참고로 쿄카는【마신】뒤에 딱 달라붙어 숨어 있었다.

도철과 달리 혼돈은 숙주와 별개 행동을 할 수 없다. 쿄카도 전선에 나가는 수밖에 없다. 설마 쿠로가메가 그녀를 노릴 일은 없겠지만, 그래도 조금 마음에 걸렸다.

'틀림없이 혼돈이라면 지켜주겠지. 그 아저씨, 쿄카를 꽤나 마음에 들어 하는 것 같았으니까.'

그런 생각을 하면서도 나는 속도를 올린다.

더욱 가열해진 나의 맹공. 결국 류가도 회피만으로는 대응할 수 없어져 가드를 쓰기 시작했다. 그러나 흘끔흘끔 쿠로가메에게 시선을 보내는 것을 보아 아직 여유가 있는 것 같다.

"동료를 걱정할 때인가? 그게 바로 무른 거야!"

"이치로, 눈을 떠! 시오리도 레이 선배도 엘도, 모두 이치로의 안전을 걱정하고 있어!"

"그런 플래그, 모조리 부러뜨려주마!"

"이, 이치로………… 바보오오오!"

더욱 다그치려던 찰나.

류가의 따귀가 내 볼에 작렬했다. 고개가 뽑히는 줄 알았다.

"어, 읍……."

"약속했잖아! 나를 두고 어디에도 가지 않는다고!"

비틀거리는 내 멱살을 류가가 놓치지 않고 휙 붙잡는다.

잠깐만 기다려, 아직 뇌가 흔들린다고. 코피가 멈추지 않는다고…….

"또 영화 보자고! 함께 파르페 먹자고! 혼인신고만 먼저 준비하자고! 그렇게 약속했잖아!"

마지막 약속에는 기억이 없다. 아니, 영화도 파르페도 내가 아니다.

"좋아! 일어나지 않으면 두들겨 깨워줄게! 왕자님의 잠을 공주님의 철권으로!"

여러모로 지적하고 싶었지만, 아무튼 후련해진 모양이다.

"홋. 그걸로 됐어! 쿠로가메 리나는 내버려 둬! 【현무】의 방어력을 지닌 그 녀석이라면 다소의 공격에는 부상 따위 푸핫!"

말을 마치기 전에 또 따귀를 맞았다. 눈이 튀어나오는 줄 알았다.

다리까지 울려서 휘청거리는 나에게 류가의 반격이 시작된다. 숨도 못 쉬게 하는 따귀 폭풍에 상황이 뒤바뀌어 내가 방어전만 펼치고 있다. 이, 이 녀석, 역시 화나면 무서워!

"훗. 그, 그걸로 됐다! 이쪽도 용서는 없다, 히노모리 류가!"

"그런 말, 이치로에게는 어울리지 않아! 나의 이치로는 좀 더 멍청이야!"

"최종 보스가 그러면 불평들 한다고!"

"각오해! 일어날 때까지 따귀를 때릴 테니까!"

"조, 좀 더 스타일리시하게 싸우는 거다, 히노모리 류가!"

밤의 하천부지에 격렬한 전투 소리가 계속해서 울렸다.

그에 뒤섞여 【황룡】과 【현무】가 포효를 지른다.

……어느 정도 공방을 펼쳤을 무렵일까.

불의에 류가가 휙 하고 뒤로 날아올라 거리를 벌렸다. 그런가 했더니 단숨에 점프했다.

"신위해방──【용신】이여 내 몸과 일체가 되어 적을 잠재워라!"

말도 안 되는 높이까지 도달한 류가가 씩씩하게 외친다.

호응한 【황룡】이 즉각 도철에게서 떨어져 빛의 소용돌이로 변해 류가를 감쌌다.

'이, 이건 설마!'

틀림없다. 류가의 필살기다.

자신을 광탄으로 바꾼 폭격…… 통칭 '드래곤 팡(내가 지음)'이다.

내가 전율한 직후, 금색 혜성이 도철에게 일직선으로 떨어졌다.

류가 녀석, 이 기회를 엿본 건가! 【마신】을 쓰러뜨리면 그릇은 해방된다── 그녀는 처음부터 도철을 노렸던 것이다. 나에게 가한 따귀 제제는 단순한 양동이었다!

'테, 텟쨩!'

'어이쿠, 아무리 그래도 이건 위험하지.'

그런데 무슨 일인가. 도철은 한 손을 한 번 휘두른 것만으로 혜성을 튕겨내 버렸다. 거북이도 쫓아버리듯이 아주 간단히 다루어버렸다.

혼신의 일격이 막힌 류가가 지면을 몇 번이나 튀어 오르며 구른다. 10미터쯤 앞에서 멈추자 황금 오라가 사라지고 엎드려 쓰러진 그녀만이 남았다.

제1부의 혼돈을 훨씬 능가하는 무시무시한 파워다.

'아앗, 미안 류가땅!'

'뭐 하는 거야 멍청아! 절대로 다치게 하지 말라고 했잖아!'

'틀려 류가땅! 【마신】의 출력은 숙주에게 크게 영향받는다구! 나리가 잘못한 거야!'

'어이 이봐! 남의 탓으로 하지 마!'

내선 통화로는 난리를 부리면서도 나와 도철은 팔짱을 끼고 나란히 서서 나직하게 웃는다.

속으로는 당장에라도 달려가고 싶었지만 그럴 수는 없

는 노릇이었다. 정말이지 최종 보스란 괴롭다.

"윽, 크…… 대단한 놈이다……."

류가가 간신히 몸을 일으켜 이쪽을 본다. 다행히도 부상은 없는 것 같다.

하지만 최대 필살기가 불발로 끝나고 체력 소모는 막대하다. 쿠로가메 역시 혼돈에게 내몰려 숨을 헐떡이면서 땅바닥에 무릎을 꿇었다.

……이제 최종 전투는 겉으로 보기에 완전히 대세가 기울었다.

"훗. 어리석은 히노모리 류가. 【황룡】만으로 나 도철을 이길 거라 생각했는가."

천천히 류가에게 다가가는 나와 도철. 긴 전투로 나도 땀범벅이다. 코트를 벗고 싶다.

"도철을 잠들게 하기 위해서는 사신과의 합체 공격이 불가결. 그러나 【백호】, 【청룡】, 【현무】는 사도들과 교전 중. 【현무】 역시 맹우·혼돈을 상대로 손도 쓰지 못하지."

"큭……."

"기적적으로 나의 도철을 쓰러뜨렸다고 치자. 하지만 그 뒤에 너희에게 혼돈과 싸울 힘이 남아 있을까?"

"이, 이치로…… 쿄카……."

류가가 울먹이는 목소리로 신음하고 지면에 손톱을 세운다. 마치 내 마음에 손톱이 박힌 기분이었다.

"두 사람을 되찾는 일은…… 이제 불가능해? 돌아와……

돌아와…….”

당장에라도 좌절해버릴 듯한 류가에게 나는 필사로 무언의 격려를 보낸다.

……류가, 떠올려. 나는 치가야마산에서 말했다. “반드시 해피엔딩이 될 테니까. 마지막에는 반드시 네게로 돌아올 거니까”라고.

‘나리, 이제 류가땅의 위기는 충분하겠죠. 더는 가여워서 안 되겠어요.’

‘알아. 좋아…… 쿄카, 준비는 됐어?’

은밀히 쿄카에게 눈짓하자 긴장한 얼굴로 살짝 수긍했다. 걱정하지 마, 너라면 할 수 있다. 나는 서브 캐릭터로서의 너를 전부터 높이 평가하고 있다.

──그럼 시작하자. 오늘 두 번째의 서프라이즈를.

“자, 체념하고 저세상으로 가라! 히노모리 류──.”

내가 크게 외친 그 찰나.

“혼돈 지금이야!”

쿄카의 지령을 받고 혼돈이 손바닥에서 파동을 뿜었다.

류가도 쿠로가메도 아닌── 나를 향해서.

“!”

갑작스럽게 날아온 공격을 아슬아슬하게 도철이 막는다.

그 충격이 그대로 링크되어 나는 견디지 못하고 무릎을 꿇었다. 강속구인 볼링공을 맞은 것 같은 감각이었다.

“크으……! 무, 무슨 생각이냐 혼돈!”

분노의 형상으로 노려보는 나에게 쿄카가 선글라스를 벗어 던지고 외친다.

"드디어 틈을 보였구나, 코바야시 오빠! 이때를 기다렸어!"

이어서 혼돈이 캐릭터를 돌변해 덥수룩한 머리를 긁적인다.

"칫, 역시 힘이 부족한가. 원래 파워가 있으면 숙주째로 가루로 만들었을 텐데……. 안 그런가? 나의 동포·도철이여."

"혼돈, 네놈…… 설마 인간 편에 붙은 것인가!"

갑작스러운 【마신】의 분열에 어안이 벙벙한 류가와 쿠로가메.

그런 두 사람에게 쿄카가 설명을 더 보충한다.

"가, 가르쳐줄게! 나는 동료인 척했을 뿐이야! 나는 【마신】을 완전히 제어할 수 있어! 혼돈은 이제 무해해!"

그렇다. 이것이 서파급(序破急)의 다음 단계.

파(破)── 작전 페이즈 2. 쿄카가 배신해 류가 편에 붙는다.

한때의 적이 동료가 되어 힘을 빌려준다……. 왕도의 전개라 할 수 있다. 절망적인 상황에서의 역전극은 흔하지만 역시 흥분된다.

사실 이런 흐름이 된 건 쿄카가 찾아온 사흘 전 있었던 일 때문이다.

쿄카가 나에게 상담하고 싶었던 건── 그야말로 나 자

신이 안고 있던 문제와 똑같았다.

5

사흘 전 그날.

약속 없이 찾아온 데다 【마신】 혼돈을 소개한 쿄카를 나는 망설이며 거실로 들였다.

테이블을 끼고 마주하기를 일 분. 쿄카는 입을 다물고 찻잔에서 피어오르는 김을 가만히 바라보았다.

'어쩐지 이거 류가 여자애라고 커밍아웃했을 때랑 상황이 비슷하군…….'

그러나 그때와 결정적으로 다른 점은 쿄카의 옆에 지저분한 아저씨가 있다는 점.

그리고 내 옆에도 나랑 판박이인 소년이 있다는 점이다.

"코바야시 오빠. 상담이란 건 다른 게 아니에요."

이윽고 쿄카가 마음을 굳힌 듯이 말을 꺼냈다.

"사실은 저, 전부터 알았어요. 코바야시 오빠가 도철 씨의 그릇이란 거."

"전, 부터……?"

"네. 그걸 알려준 사람은 물론 혼돈 씨예요. 처음에는 기분 탓인가 했지만 치가야마산에서 완전히 확신했대요……."

그 말을 듣고 혼돈이 찻잔을 손에 든 채 유유히 고개를 끄덕인다.

"히노모리 류가와 강에서 논 건 꼬마가 아니라 텟짱이지? 그러고 보니 너, 숙주와 개별 행동을 할 수 있군. 그걸 보면 싫어도 알 수 있지."

설마 그 교대 트릭을 깨달은 사람이 있었다니. 완벽하게 위장했다고 생각했는데……. 뭐, 론땅에게도 들켰지만.

"역시 깜짝 놀랐다고? 확실히 히노모리 류가에게는 '언젠가 다른 세 왕도 부활하리라'고 허풍을 떨어버렸지만……. 설마 정말로 동포가 눈을 떠 호피 무늬 삼각팬티를 입고 튀어나오다니."

코로 비웃는 혼돈에게 도철이 금세 노기를 띤다.

"시, 시끄러워 죽다 살아난 놈이! 내장을 꺼내서 소장으로 줄넘기를 해줄까!"

"네놈이야말로 누구를 향해 말하는 거야 이 자식아. 개성이라곤 없는 비주얼을 해가지고."

살벌하게 노려보는 【마신】들. 완전히 양아치였다.

……아무래도 좋은데 【마신】에게도 소장이 있나 보다. 정말로 아무래도 좋지만.

"그래서 쿄카. 내가 도철의 그릇인 줄 알고서 뭘 상담하려고……?"

두 사람의 【마신】을 내버려 두고 나는 일단 이야기를 진행하기로 했다.

모르는 사이에 내 뒤에는 삼 공주가 나란히 무릎을 꿇고 앉아 있었다. 그녀들에게도 관계없는 문제가 아닐 테니 동석해도 상관없겠지.

"오우. 그 전에 먼저 도령에게 확인을 하지."

그러자 쿄카보다 먼저 다시 혼돈이 입을 열었다. 말 많은 【마신】이다.

"코바야시 이치로, 단도직입적으로 묻겠다. 너—— 텟짱을 '절복(折伏)'했지."

몸을 쑥 내민 혼돈을 보며 나는 눈을 깜빡거렸다. 그게 뭐야?

당황하고 있는데 뒤에서 삼 공주가 숨을 삼키는 게 느껴졌다.

이어서 "역시……", "이상하다고 생각했쭙니다", "뭐야, 키키도?"라고 속닥거리는 이야기 소리가 들린다. 그 수상한 걸즈토크가 점점 더 불안을 부추긴다.

"어, 그러니까 그 '절복'이라는 건……?"

"그릇인 인간이 역으로 【마신】을 지배해버리는 거다. 그리고 네놈의 수호신으로 삼아버리는 거지. 【황룡】이나 사신처럼 말이야."

"그, 그런 일이…….."

"전례는 과거에 한 번도 없어. 하지만 가능성은 제로가 아니야. 이봐, 어때, 텟짱."

혼돈이 이야기를 묻자 도철은 부루퉁해서 고개를 옆으로 휙 돌린다. 완전히 예스라고 말하는 반응이었다.

……그러고 보니 이전에 도철은 말했다. "저는 아마 나

리의 의식을 빼앗지는 못할 겁니다.", "실수하면 도리어 제가 지배당할 우려가 있다구요"라고.

혹시 도철은 과거에 내 지배를 시도한 적이 있는 걸까?

그리고 그 '실수'를 한 거 아닌가?

그렇다면 싸움에서 늘 내가 우세했던 것에도 납득이 간다. 도철은 진심을 보이지 않은 것이 아니라 보일 수 없었던 거다. 성실한 것도 뭣도 아니었다!

도철의 리액션을 보고 알아챘는지 혼돈이 이거야 원, 하고 쓴웃음을 지었다.

"역시 그런가. 서로 실수했군……. 그렇지? 텟짱."

"서로?"

그 말에 나는 겨우 납득이 갔다.

줄곧 신경 쓰였던 쿄카와 혼돈의 관계성이 쿄카가 【마신】을 조종하고 있는 것처럼 보인 이유가.

"그렇다는 건 설마……."

"그런 거다. 이 몸도 쿄카땅에게 '절복'당해 버렸어."

퉁명스럽게 긍정한 혼돈에게 쿄카가 "제 경우에는 혼돈 씨가 극도로 힘을 잃어버렸기 때문이지만……" 하고 조심스럽게 감싼다.

……요약하면 류가에게 당해 사라졌다고 여겨지던 혼돈은 간신히 잠을 피했을 뿐 여력이 남아 있었다. 하지만 이제 쿄카의 정신력에 대항할 재간이 없어 도리어 지배── '절복'당해버린 것 같다.

역시 히노모리 가문의 딸…… 혼돈은 머무는 그릇을 크게 실수한 거다.

"한심한 일이지. 텟짱이 말한 대로 지금의 이 몸은 죽지 못해 살아 있다. 잠들지 않고 끝났지만 이제 힘은 거의 남아 있지 않아."

쓸쓸하게 말하면서 주전자에서 자신의 찻잔에 차를 따르는 혼돈. 그러는 김에 쿄카의 찻잔에도 따라주는 모습이 더없이 아랫사람 같다.

"지금 상태로는 이계의 문을 열 수도 없어. 그보다 쿄카 땅의 명령에 거스를 수가 없어. 그러니까 이번에는 포기했지. 하다못해 숙주를 바꿀 수 있다면 '절복'을 없던 일로 할 수도 있겠지만."

마지막에 혼돈이 그렇게 투덜거렸지만 쿄카가 그런 폭거를 용서할 리 없다.

혼돈을 무해하게 만들 수 있던 것은 히노모리 쿄카의 강인한 정신력이 있기 때문이다. 그녀는 힘을 잃기 이전 혼돈에게도 계속 저항한 강자이다.

잠들지도 못하고 숙주에게서 '이사' 승낙도 얻지 못한 채.

결과적으로 혼돈은 이러지도 저러지도 못하는 상태가 되어버렸다.

"【마신】은 당해도 잠들 뿐……. 그건 히노모리 가문도 모르는 일이었어요. 사흉이란 존재도 그렇죠. 우리는 【마신】을 모두 동일한 존재라고 생각했어요."

차로 입을 적신 뒤 쿄카가 다시 이야기를 시작한다. 나를 직시하는 눈동자에는 언니를 닮은 씩씩한 빛이 있었다.

"하지만 제가 있는 한 혼돈 씨는 인류의 위협이 되지 않아요. 【마신】이 소멸하지 않는다고 판명된 지금…… 무작정 쓰러뜨리기만 해서는 문제가 하나도 해결되지 않는다고 생각해요."

확실히 【마신】이 부활하면 잠들게 하기를 반복해서는 무익한 다람쥐 쳇바퀴 돌리기다. 히노모리 가문의 사명은 반영구적으로 끝나는 것은 아니리라.

어딘가에서 누군가가 이 순환을 끊을 필요가 있다.

그리고 그건── 혼돈과 도철이 '절복'당한 지금이야말로 최대의 기회일지 모른다.

"혼돈 씨는 이렇게 정면으로 이야기를 나눠보니 말이 통하는 사람이었어요. 도철 씨도 마찬가지 아닌가요?"

쿄카가 또 다른 나에게 미소를 지었다.

그 순진무구한 눈빛에 도철이 시선을 피했다. 처음으로 눈싸움에 졌다. 좋아하는 여자애의 여동생에게는 역시 약한가 보다.

"저와 코바야시 오빠가 그릇인 지금이라면 평화적인 대화도 가능할 거예요. 그걸 어떻게 언니들에게 전하면 될지……. 그 문제를 상담하고 싶었던 거예요."

거기서 쿄카가 "하지만" 하고 표정이 어두워졌다. 그 이유는 분명했다.

그렇다. 나는 오늘 류가에게 선전포고를 하고 말았다. 있는 대로 사악한 얼굴을 하고 장소와 일시까지 지정해버렸다.

"언니가 아주 무서운 얼굴로 집을 뛰쳐나가서 남몰래 뒤를 밟았더니…… 빌딩 옥상에서 그런 일이."

그건 쿄카에게도 예상 밖의 중대사였을 것이다.

평화적으로 대화할 생각이었는데 물거품이 되어버렸으니까. 갑자기 내가 정체를 밝히고 "세계를 멸망시키는 것……. 그것이야말로 나의 바람" 같은 소리를 지껄였으니까.

'설마 이런 상담이었다니……. 당연히 진로 고민 같은 거라고 생각했어!'

'나리와의 약속은 무시할 걸 그랬어요……. 개과천선 이벤트 따위 하지 않아도 평범하게 대화로 류가땅과 사이좋아질 수 있었는데!'

머리를 감싸 안은 내 옆에서 도철도 머리를 감싸 안았다. 불순한 목소리가 내선을 통해 다 들렸다.

……하지만 쿄카, 이것만큼은 해명할 수 있게 해줘.

도철이 부활한 이상, 내가 그 그릇인 이상, 역시 류가와는 전투를 한번 치를 필요가 있었다. 제2부를 화해 같은 시시한 전개로 만들 수는 없었다.

나에게는 최종 보스 역할을 다하고 류가의 세미남친을 반납하고 이전의 '주인공 친구 캐릭터'로 돌아간다는 야심이 있다. 그러기 위해서라면 뭐든 한다.

그 포지션이야말로 내가 돌아갈 안주의 장소다.

남녀의 우정 따위 불가능하다면 여자 말투를 쓰는 캐릭터라도 될 각오가 있다.

'물론 쿄카의 생각도 이해한다. 태고부터 이어진【마신】과의 싸움을 류가가 끝낸다……. 거기에는 나도 찬성이다. 그야말로 내가 이상으로 하는 최고의 주인공이다.'

생각만으로 흥분된다. 류가가 반드시 그 위업을 달성하기를 바란다. 그렇다면.

──그 방향으로 이야기를 진행하면서 동시에 내 바람도 이루면 된다.

──친구 캐릭터로 돌아가서 이야기를 완벽한 해결로 유도하면 된다.

제2부는 제2부 대로 확실하게 분위기를 돋우겠다. 그 안에서 "한번 쓰러뜨린【마신】은 '절복'으로 무해하게 만들 수 있다"는 흐름을 확실하게 밝히자.

이제 나는 일반인으로 돌아갈 수 없어지지만 그 정도는 양보한다. 혼돈과 마찬가지로 도철도 약해진 걸로 치고 앞으로 전투에는 관여하지 않으면 된다.

나는 떳떳하게 일상 파트 전문의 존재가 된다. 남은【마신】궁기, 도올이 부활했을 때는 비밀리에 접촉해 '당하고 화해'의 흐름을 답습하게 한다. 우격다짐으로라도.

'그러기 위해서는 텟짱의 협력이 꼭 필요해. 어차피 이 녀석은 류가를 위해서라면 뭐든 할 테고 가끔 류가와 놀게

해주면 만족하겠지.'

눈 깜짝할 사이에 그런 계산을 마친 나는.

곧바로 쿄카에게 넙죽 엎드렸다. 얼굴에 철판을 깔고 중2의 소녀에게 머리를 조아렸다.

"쿄카! 의논할 것이 있습니다!"

"엇? 예?"

"이번 한 번만 부디 힘을 빌려주십시오!"

"아, 저기, 오빠 머리를 드세욧."

이마를 바닥에 문지르는 나와 어쩔 줄 몰라 허둥대는 쿄카.

같은 타이밍에 뒤의 삼 공주가 허겁지겁 일어나 거실을 퇴출한다. 이건 부하인 자신들이 봐도 될 장면이 아니다…… 그렇게 마음을 써준 것 같았다.

"나 코바야시는 아시다시피 류가에게 전투를 신청해버렸습니다! 이제 물릴 수가 없습니다!"

"네, 에."

"그러니 이번 한 번만 원활하고 극적으로 류가와 화해하는 형태를 취해주시지 않겠습니까!"

쿄카는 어떻게 반응해야 할지 망설이고 있었다. 두 사람의 【마신】도 어안이 벙벙해졌다.

물론 '제2부'니 '최종 보스'니 설명한다 해도 쿄카는 무슨 소린지 모르겠지. 그러니까 기세로 구슬린다. 똑같이 【마신】의 그릇이라는 인연으로!

"대화도 좋지만 먼저 알기 쉽게 행동으로 나타내는 편이 류가도 알아들을 거라고 생각합니다! 부탁합니다, 쿄카! 여기는 내 이야기에 함께 해줍쇼!"

"그 말투랑 조아린 머리…… 나리, 제 캐릭터가 전염된 거 아닙니까?"

눈살을 찌푸린 도철의 머리를 움켜쥐고 억지로 꽉 눌렀다. 함께 간청하게 한다.

그 뒤. 자존심을 벗어던진 애원이 효과를 발휘해 쿄카는 "미래의 형부가 하는 부탁이니까"라며 협력을 약속해주었다. 본의는 아니지만 지금은 형부라도 좋다.

——이리하여 나는 안 쉬고 안 자며 시나리오를 다시 구성해 간신히 당일까지 새로 썼다.

그렇게 이번 최종 전투에 임하고 있다.

6

갑자기 나를 배신한 쿄카의 행동은 눈 깜짝할 사이에 전투의 국면을 뒤집었다.

류가는 여전히 전개를 따라잡지 못한 상태로 오로지 여동생과 혼돈을 눈을 동그랗게 뜨고 바라만 보았다.

당황한 건 쿠로가메도 마찬가지였다. 잘 보니 가메오 군과 꼬리의 뱀도 입을 떡 벌리고 있다. 주인과 닮아 표정이 풍부한 수호신이다.

"쿄, 쿄카…… 정말로 쿄카니?"

머뭇머뭇 묻는 언니를 향해 쿄카가 엄지를 척 세웠다. 그 옆에서 혼돈도 엄지를 세웠다.

"맞아, 언니! 자, 함께 코바야시 오빠를 되찾자!"

"그래, 히노모리 류가. 【마신】이란 말이지, 숙주의 정신력이 강하면 수호신으로 삼을 수 있다. 그러기 위해서는 한번 쓰러뜨려 약해질 필요가 있지만."

그런 친절한 해설에도 류가는 아직 의심의 끈을 놓지 않았다. 당연히 갑자기 믿기 어려운 이야기겠지.

그렇기에 실제 행동으로 보이는 것이 최선이다. 혼돈이 아군이 되었다는 사실을. 어제의 적이 오늘의 벗이라는 사실을.

"【마신】이 인간과 공존하다니 정말로 그런 일이——."

류가가 중얼거린 그때. 다른 쪽의 쿠로가메가 눈을 빛내며 환호성을 질렀다.

"그랬던 거구나! 【마신】을 길들이다니 쿄짱 대단해!"

"응?"

"그렇지, 류짱! 대단하지! 그렇게 생각하지!"

이끌리듯 류가도 "으, 응" 하고 고개를 끄덕이고 말았다. 기세를 몰아 동의하게 만들었다.

……쿠로가메의 리액션은 내 노림수대로다.

쿠로가메를 하천부지의 전투에 참가시킨 건 바로 단세포 같은 행동을 기대했기 때문이다. 다른 히로인들이라면 이렇게나 순순히 믿어주지 않았을 것이다.

이제야 쿠로가메가 열쇠로서 잘 기능해주었다. 처음으로 거북이가 도움이 되었다.

'좋아, 이걸로 쿄카와 혼돈 문제는 클리어했다. 남은 건──나다.'

류가, 쿠로가메, 쿄카가 각자 수호신을 거느리고 세 방향에서 거리를 좁혀온다.

미안하지만 아직 당할 수는 없다. 클라이맥스는 조금 이르다.

"야, 【마신】도철! 포기해!"

전투를 재개하는 도화선에 불을 붙인 사람은 역시 쿠로가메였다. 질리지도 않고 멧돼지처럼 도철에게 덤벼드는 그녀의 뒤를 곧바로 혼돈이 뒤따른다.

"죽어라 도철! 진짜로 죽어!"

나는 내버려 두고 도철에게 동시 공격을 시작하는 쿠로가메와 혼돈. 두 사람이 뜻밖에 호흡이 맞는 연계 플레이를 하자, 제아무리 도철이라도 상대하기 버거웠다.

'아야얏! 어이 혼돈! 직전에 멈추기로 한 약속은 어디로 간 거야!'

겉으로는 태연한 얼굴을 하고 도철이 마음속으로 클레임을 건다. 여기에 류가가 합세하면 단숨에 정리할 수 있는 장면이었지만, 그녀는 참전할 타이밍을 좀처럼 잡지 못했다.

혼돈과 쿄카가 류가가 뛰어들 기회를 교묘하게 망쳤기 때문이었다. 동료가 됐으면서 훌륭한 방해 공작이었다.

"큭! 이【마신】만만치 않아……. 어쩐지 색이 블랙이더라니!"

공격에 실패한 쿠로가메가 재정비하기 위해 물러난다. 그 기회를 놓치지 않고.

"도철 씨, 각오하세요!"

쿄카가 혼돈과 함께 도철에게 돌진했다. 그녀의 마지막 일이었다.

이 전개를 미리 알고 있던 나는 분노에 맡겨 대본에 적힌 대사를 울부짖는다.

"인간의 편이 되다니 사흉의 수치가아아—!"

내 고함을 사인으로. 도철의 흉악하고 단단한 팔이 눈앞에 닥친 혼돈을 날려버렸다.

한방을 정통으로 먹고 혼돈의 거구가 공중으로 떠오른다. 쿄카도 함께 공중으로 날아간다.

"꺄아아아!"

땅바닥에 격돌하기 직전, 혼돈이 자신을 쿠션으로 쿄카를 감쌌다.

그 덕분에 쿵 하고 구르기만 한 쿄카. 그러나【마신】은 힘을 다한 듯이 꿈쩍하지 않고 그대로 양 갈래머리 소녀의 몸속으로 빨려 들어가듯 사라졌다

엎드린 모습으로 쓰러진 쿄카가 아주 잠깐 나를 흘끔

본다.

'코바야시 오빠, 이렇게 하면 될까요……?'

'수고했어, 쿄카. 이제 푹 쉬어.'

나는 기절한 척하는 쿄카를 시선으로 치하하며 분노한 표정을 계속 유지했다.

당연히 이건 짜고 친 거다. 처음부터 혼돈은 빨리 퇴장할 예정이었다. 제1부와는 반대로 이번에는 쿄카에게 가짜로 정신을 잃은 척해달라고 했다.

이야기의 메인은 어디까지나 류가와…… 그 동료들이다.

"쿄, 쿄카!"

"쿄짱!"

낯빛이 달라져 달려가려던 류가와 쿠로가메의 앞길을 각각 나와 도철이 가로막았다. 쿄카를 보살피게 두지 않겠다. 깨어 있는 걸 들키면 곤란하다.

"훗. 더는 숨길 필요도 없겠지. 그렇다, 일찍이 너희에게 패배한 것으로 혼돈은 극도로 약해졌다. 그래도 설마 '절복'당했다니……. 참고로 '절복'이란 그릇인 인간이 반대로 【마신】을 지배하는 것이다."

나는 요령 있게 전문용어를 설명하면서, 코트를 쓸데없이 펄럭였다.

"본래의 힘을 잃은 혼돈으로는 나 도철을 쓰러뜨리기는 불가능……. 그러니 동료인 척 적을 노린다는 치사한 수단을 취했겠지. 어리석은 【마신】이야……. 인간에게 항복해 그 장기말로 전락한 쓰레기!"

"잇군, 말이 심하잖아! 혼돈은 장기말 따위가 아니야!"

내 욕설에 기대대로 물고 늘어지는 쿠로가메가 주먹을 휘두르며 격앙한다.

"분명히 두 사람은 마음이 통했어! 내가 확실히 봤어! 땅바닥에 떨어지는 쿄짱을 감싸는 혼돈을! 류짱도 봤지?!"

"응…… 분명히 나도 봤어."

드디어 류가도 믿어주었는지 고개를 작게 끄덕였다. 좋아, 거북이, 도움이 되고 있어!

"훗. 어쨌거나 이제 혼돈은 전선을 이탈했다. 이제 너희가 도철에게 당하는 모습을 나는 구경이나 할 마음을 먹으면 되겠군."

사악하게 웃는 나를 류가가 분하다는 듯이 바라본다.

그렇다 류가. 환멸하는 거야. 이딴 남자 세미남친에서 격하시키는 거야.

의식을 지배받은 설정이라지만 아무리 너라도 밉겠지! 하지만 친구까지 그만두지는 말아줘!

"자 도철! 두 사람을 죽여! 유린해! 그 내장을 꺼내 오장육부로 저글링을 하는 것이——."

"그렇게는 못 합니다!"

그때. 낯익은 목소리가 내 말을 가로막고 끼어들었다.

쳐다보니 십 미터쯤 떨어진 제방 위에—— 세 소녀가 나란히 서 있었다.

황갈색 긴 머리카락을 나부끼는 아담하고 가냘픈 무녀.

손에 목도를 든 장신의 포니테일 검사.

새빨간 곱슬머리가 멋들어지고 주위에 도깨비불이 떠다니는 흡혈귀.

……물론 히로인 삼 대장이었다. 유키미야 시오리, 아오가사키 레이, 엘미라 매카트니 세 사람이었다.

"네, 네놈들 어째서 이곳에…… 내 부하들을 쓰러뜨린건가?!"

여실히 낭패하면서도 나는 내심 속으로 웃고 있었다. 이렇게 타이밍이 딱 맞다니. 여기서 멋진 BGM이 필요하다! 가능하다면 사이에 광고를 넣고 싶다!

남몰래 신이 난 나를 내버려 두고 히로인들이 제방 사면을 미끄러져 내려온다. 그리고 류가 곁으로 달려온다.

"다, 다들…… 무사했구나……."

세 사람의 얼굴을 둘러보고 류가가 오늘 처음으로 미소를 지었다. 몸에 익은 것인지 말투와 행동이 완벽하게 남자가 되었다.

"무슨 영문인지 갑자기 사도들이 후퇴했습니다."

"신경 쓰이기는 했지만 아무튼 이쪽으로 와야 할 것 같았어."

"약속했는걸요. 반드시 달려오겠다고."

히로인들이 저마다 말하면서 다시금 이쪽으로 방향을 바꾸었다.

이어서 방대한 오라를 내뿜으며 등 뒤에 순식간에 수호신을 실체화시킨다.

유키미야의 【백호】, 아오가사키의 【청룡】, 엘미라의 【주작】, 그리고 쿠로가메의 【현무】── 제1부에서는 실현하지 못한 사신 전원의 무대였다.

'삼 공주가 잘해주었구나……. 좋아, 예정보다 훨씬 이상적인 흐름이야!'

그렇다. 이것이 서파급의 최종단계.

급(急)── 작전 페이즈3. 동료가 제때 도착해 류가가 승리하는 만반의 준비가 된다.

삼 공주의 발을 묶는 공작은 어디까지나 '류가의 위기'와 '혼돈의 배신'이라는 2대 에피소드를 소화하기 위한 시간 벌기. 그것을 마친 지금, 나는 히로인들 세 사람이 나타나기를 기다리고 기다렸다.

역시 클라이맥스에는 메인 캐릭터 전원이 임해야 한다.

마지막을 장식하는 건 모두의 힘을 집결한 합체 공격이어야 한다.

'전개가 좀 빨랐는지도 모르지만 충분히 분위기를 고조시켰을 거야.'

이제 최종 보스로서 화려하게 쓰러지기만 하면 된다.

그리고 이전의 코바야시 이치로로 돌아가…… 눈을 동그랗게 뜨고 시치미를 떼기만 하면 된다.

"신위해방──【황룡】!"

그런 내 꿍꿍이에 응답하듯이.

류가가 날카로운 기합과 함께 황금의 용을 다시 실체화
시켰다.

7

밤이 내린 하천부지에 나란히 늘어선 다섯 마리의 성수
는 정말로 장관이었다.

눈처럼 새하얀 호랑이. 기류를 두른 군청색 용. 불타오
르는 진홍빛 새. 그리고 아직 얼이 빠진 칠흑의 거북이.

사신을 사방에 거느리고 중앙에 선 사람은 눈 부신 빛을
내뿜는 전장 20미터는 될 법한 사신의 우두머리…… 히노
모리 가문의 계승자조차 제어하기 힘들다는 거친 수호신
이다.

"기다려 이치로. 지금 바로 해방시켜줄게."

완전히 히어로 얼굴로 돌아온 류가가 끝없이 오라를 증
폭시킨다.

즐길 생각은 없는 것 같다. 단숨에 결말을 낼 심산인 듯
하다.

"다들 간다! 나에게 힘을 빌려줘!"

류가가 외치자 네 사람이 힘차게 고개를 끄덕였다. 일대
에 구구구궁 하고 정체를 알 수 없는 땅 울림이 울렸다.

""""""하아아아아아아!""""""

"""""""그아아아아아아!"""""""

류가와 히로인들의 포효에 수호신들의 소리가 겹쳐진다.

그대로 그녀들은 수호신과 일체화해 다섯 줄기 빛줄기가 되어 하늘 높이 상승했다. 그리고── 다채로운 빛을 뿜으며 하나의 거대한 혜성이 되었다.

'자, 나리, 마침내 왔습니다.'

'그래. 기합을 넣자 텟짱!'

사신을 둘러싼 '드래곤 펑 DX(내가 지음)'는 조금 전 【황룡】 혼자 버전과는 위력의 차원이 다를 터.

하지만 아마도 도철이라면 잘 받아넘길 것이다. 아슬아슬하게 직격을 피해줄 것이다.

그런 다음 맞은 척하며 혼돈에게 지지 않는 '당한 척'을 연출하리라고 나는 믿었다. 어제는 노래방에 데려가 단말마 연습도 철저히 시켰다.

……당연하지만 정말로 도철을 약체화시킬 마음은 없다. 류가와 히로인들에게는 '약해진 모습을 어떻게든 절복했다'고 설명할 예정이지만 실제로는 지금까지처럼 씩씩한 【마신】으로 있어주어야 한다.

남은 【마신】인 궁기와 도올에게 '화해'를 협상하기 위해서는 이쪽도 최소한의 무력을 가져야 할 필요가 있다.

'여기까지는 전부 시나리오대로 진행됐어. 이제 마무리만 남았다……. 이 한방을 이겨내면 제2부 종료다!'

……그러나 나는. 마지막의 마지막까지 딱 하나를 잘못

읽었다.

초등학교 1학년도 아는 산수를 태연히 실수하고 말았다.

운석처럼 도철에게 접근하는 고속의 혜성. 황금의 빛을 베이스로 백, 청, 적, 그리고 흑의 빛깔로 선명하게 물든 무시무시한 신위.

——제1부 때보다 색이 하나 많았다.

쿠로가메의【현무】가 추가된 그것은 명백히 혼돈이 먹은 것과 비교가 되지 않은 크기, 광량, 질량, 속도를 자랑했다.

DX 정도가 아니다. 아무리 그래도 규모가 너무 다르다. 그건【황룡】과 사신이 컴플릿한 궁극 버전의 '드래펑(생략)'이었다.

'잠깐만, 아무리 그래도 이건 위험하잖아!'

직격은 고사하고 스치기만 해도 끝장날 것 같다. 순간적으로 도철을 보자 단정한 검은 얼굴이 움찔거리며 경련하고 있었다. 이것 봐!

'텟짱 도망쳐! 회피다, 회피! 피해서 불발로 끝내!'

'그럴 수는 없습죠! 저쪽의 최대 비기예요! 피해버리면 이 뒤에 어떻게 되겠습니까!'

'그런 말 할 때야! 저걸 맞으면 틀림없이 잠들 거야! 그러면 너는 두 번 다시 류가를 만나지 못한다고!'

우리가 아우성치는 동안에도 혜성은【마신】에게 훅훅 빠르게 가까워졌다.

지름 10미터는 될 법한 광탄이 나선 모양으로 회전하면서 맹렬히 떨어진다.

'어이! 도망치래도! 류가를 좋아하는 거 아니었어?'

'······그렇기 때문이에요.'

양팔을 펼치고 혜성을 기다리면서 도철이 방대한 사기를 발산했다.

'이걸 피해버리면 류가땅에게 수치를 주게 됩죠. 그리고 꼴사납게 도망쳤다가는── 숙주인 나리께도 수치를 주게 됩니다.'

이럴 때 무슨 말을 하는 거야. 어째서 그토록 나를 치켜세우려 하는 거야.

나는 너에게 절대로 '좋은 숙주'가 아니었다. 하고 싶지도 않은 최종 보스 역할을 강요하고 자유행동을 제한하고, 욕실과 화장실 청소를 떠맡겼다!

지금까지 도철과의 나날이 주마등처럼 머릿속을 스쳐지나간다.

곤란한 일투성이였지만 생각해보면 이 녀석과의 생활은 나름대로 즐거웠다. 싸우면서, 숙제를 돕게 하면서, 류가를 향한 뜨거운 마음을 밤새 떠들기도 했다.

······아아, 이제야 알 것 같다. 너는 최종 보스의 파트너이기 전에── 나의 '친구 캐릭터'였던 것 아닌가?

'나리, 즐거웠습니다. 살아 있으면 또 뵙습죠!'

"기다려 텟짜아아아아앙!"

남의 눈을 신경 쓰지 않고 절규하며 도철에게 달려가려

던 찰나.

내 몸이 옆에서 돌진해온 무언가에 날아갔다. 경차인가 싶었던 그건 북슬북슬한 털이 난 자그마한 늑대인간이었다.

"이치로 남작! 지켜드리겠즙니다."

튕긴 내 몸에 이번에는 커다란 뱀의 꼬리가 뒤얽힌다. 그 직후 더욱 높이 내던져졌다.

"이치로 님! 부디 이곳에서 벗어나세요!"

손쓸 수도 없이 허공에 날아오른 나를 활공하던 새가 뒤에서 끌어안는다. 그대로 엄청난 속도로 상승해 폭심지에서 벗어난다.

"도철 님의 명령이야! 이치로 군만은 어떻게든 지키라고!"

그들은 말할 것도 없이 키키, 주리, 그리고 미온이었다. 설마 삼 공주가 그런 비밀 명령을 도철에게 받았을 줄이야.

"사라져라 【마신】! 나락의 밑바닥으로!"

──다음 순간. 지상에서 무시무시한 굉음이 들렸다.

대기가 떨리고 빛이 작렬해 일대가 낮처럼 환해졌다.

충격의 여파를 직격으로 받아 미온의 몸이 균형을 잃는다. 하지만 미온은 필사로 자세를 가다듬으면서 나를 안고 밤하늘을 선회했다.

삼 공주의 합이 맞는 패스워크로 나는 간신히 합체 공격에 휘말리지 않았다. 그러나.

내려다본 하천부지는 크레이터처럼 깊이 팼다.

거기에 도철의 모습은 한 조각도 남지 않았다.

그로부터 약 일 분 후.

착륙한 미온이 지상에 내려준 나는 한동안 주저앉아 넋이 나가 있었다. 원래 같으면 잠깐 정신을 잃을 예정이었지만 그것마저 까먹고 이러지도 저러지도 못하고 있었다.

'텟짱이…… 죽어버렸어.'

아니, 【마신】이 죽는 일은 없으니까 그는 아직 나에게 깃들어 있을 것이다.

하지만 이제 도철이 나타날 일은 없다. 아마도 그 녀석은…… 잠들었을 것이다.

몇백 년이라는 길고 깊은 고독한 잠.

'뭐가 조연의 프로야. 우쭐해서 스토리를 지휘하려다가 디렉터라도 된 양 흡족해한 결과가…… 이 모양이잖아.'

격렬한 자책으로 기력을 잃은 나를 무시하고 앞쪽에서는 류가와 히로인들이 결집했다.

그리고 나를 지키듯이 나란히 선 삼 공주와 서로 험악하게 노려보았다.

"……'나락의 삼 공주'라고 했나."

잠시 뒤 류가가 한 걸음 쑥 전진하며 말했다. 늠름한 주인공의 목소리였다.

"너희는 앞으로도 【마신】의 부활을 꾀하고 인간계를 위협할 작정인가? 서로의 세계에서 조용히 살 수는 없는가?"

"흥. 새삼스럽네, 히노모리 류가. 우리 사도는 【마신】 님의 의사에 따를 뿐이야. 물론 개인적으로도 댁들은 마음에 들지 않고."

류가의 질문에 미온이 대표해서 대답한다. 그대로 등을 홱 돌리자 주리와 키키도 그에 따랐다.

"이것으로 이겼다고 생각하지 마. 이 빚은 반드시 갚겠어. 특히 아오가사키 레이……. 당신과는 반드시 결말을 내겠어."

"……바라는 바다."

미온에게 지명받고 아오가사키가 고개를 살짝 끄덕였다.

"나는 '나락의 삼 공주' 중 한 사람, 주리. 기억해둬, 거기 빈곤한 가슴의 아가씨."

"뭐……!"

주리의 말에 유키미야가 반사적으로 자신의 가슴을 가린다.

"키키는 거기의 빨갛고 뜨거운 사람에게 배로 갚아주게 쭙니다."

"어머나, 되지도 않는 소리를 하는 멍멍이네요."

키키의 지명을 받고 엘미라가 어깨를 으쓱한다.

지목을 받지 못한 쿠로가메가 "나는 나는?" 하고 손을 들었지만 삼 공주는 무시하고 떠나갔다.

마지막에 미온이 "안녕, 이치로 군── 지금까지 고마웠어"라고 나에게 귓속말을 하고 무언가를 건넸다. 쿄카에게 빌린 휴대전화였다.

……어쩌면 그녀들은 다시는 집으로 돌아오지 않을지도 모른다.

그건 그렇다. 도철이 없으니까.

섬겨야 할 【마신】은 이미 잠들어버렸으니까.

나는 앞으로도 도철 님을 섬기기로 했어── 결전 전에 미온에게 받은 메시지의 한 문장이 내 머릿속에 허망하게 되살아났다.

"이치로…… 제정신이 돌아왔나?"

삼 공주를 쫓지 않고 류가가 내 앞에 무릎을 꿇고 얼굴을 들여다본다.

"류가, 나는──."

힘없이 돌아보자 류가가 고개를 좌우로 젓는다. 나를 바라보는 자애의 눈동자가 지금은 마음 아팠다.

"알아. 희미하게 의식은 남아 있었지? 하지만 신경 쓰지 않아도 돼. 그게 너의 본심이 아닌 건 똑똑히 알고 있으니까."

아니다. 나는 처음부터 끝까지 제정신이었다. 오히려 도철을 지배하고 부추겼다.

모든 것의 흑막은 바로 나. 그런 이기심으로── 도철을 휘두르고 말았다.

'텟짱…… 왜 그런 무모한 짓을 한 거야. 혼자서 폼이나 잡고…….'

'이것 참 눈물 나는 이야기네요.'

'이런 형태로 헤어지다니 너무 쓸쓸하잖아…….'

'정말로 감동적인 라스트였어요.'

……………………

…………………어라.

충격 때문인지 환청이 들리는 모양이다. 그 녀석이 맞장구를 치는 일 따위 이제 없을 텐데.

'텟짱…… 너의 용기 있는 행동에 나는 어떻게 보답할 수 있지?'

'류가땅이랑 데이트하게 해주세요오.'

'그런 걸로 돼?'

'네.'

'역시 맞장구를 치고 있잖아!'

나는 속으로 외치고 벌떡 몸을 일으킨다. 눈을 번쩍 뜬 나를 보고 류가가 움찔했다.

'어이! 어떻게 된 거야! 무슨 일이 일어났어?! 잠들어!'

'야아, 아무리 저라도 글렀나 했는데 말입죠. 덕분에 간신히 무사했습죠. 이것도 나리와의 궁합이 좋기 때문일까요.'

'그것만으로 설명이 되냐! 이 전개는 제법 그럴싸한 전개였잖아! 됐으니까 오래오래 깊이 고독한 잠에 빠져!'

'시, 싫어요오. 아무튼 이걸로 나리와의 약속 틀림없이 완수했습니다. 저는 이제 무해한 텟짱이라구요.'

태평한 【마신】의 목소리에 나는 힘이 빠져 벌렁 나자빠졌다. 정신적&육체적인 피로가 이제야 우르르 밀려왔다.

"이치로, 괜찮아?"

그런 나를 류가가 허둥지둥 안아 일으킨다.

코앞까지 그녀의 얼굴이 다가와서 도철이 "오호오오—!" 하고 이상한 소리를 질렀다. 물론 류가는 【마신】의 외침은 알아채지 못하고 어째서인지 갑자기 나에게 사과했다.

"이치로, 미안……. 마지막 일격, 사실은 직전에 힘을 빼 버렸어."

"힘을 빼, 뺏다고……?"

"실제로 '다 함께 쿵'의 위력은 그 정도가 아니야. 하지 만…… 쿄카를 감싼 혼돈을 보고 그만 망설임이 생기고 말 았어. 이대로 도철을 봉인하는 건── 정말로 옳은 일일까."

부활한 【마신】을 쓰러뜨리고 잠재우는 것만으로는 전투 는 영원히 끝나지 않는다. 류가는 그것을 혼자 힘으로 깨 달았나. 도철과 대화할 여지를 남겼다는 것인가.

살짝 멘탈이 깨지기 쉬운 부분도 있지만 역시 이 녀석은 훌륭한 주인공이다.

그렇지만 기술 이름에는 강력하게 질책하고 싶다. '다 함 께 쿵'이 뭐야. 주인공은 네이밍 센스도 필요하다.

"【마신】 도철은 아마도 잠들지 않았겠지. 그래도 막대한 대미지를 주었을 테니까 그게 이치로에게도 연결되었을 거라고 생각해."

'그 말은 내가 무사했던 건 류가땅 덕분…… 정말 상냥 해! 이건 틀림없이 나리가 말하는 플래그예요! 저랑 류가 땅이 맺어지는 플래그예요오!'

"자 이치로, 혹시 모르니 병원에 가자. 쿄카랑 함께 다친 데는 없는지 진찰받아야지."

'가능하다면 간호사 류가땅에게 촉진받고 싶은데. 나의 지로를. 헤헤헤헤.'

역시나 도철의 성희롱 발언을 알아채지 못하고 류가가 나를 공주님 안기 자세로 안고 일어났다. 평소와 입장이 반대였다.

굳이 사양할 기운도 없어서 얌전히 몸을 맡기자 히로인들도 다가왔다.

"코바야시 님, 정말로 무사해서 다행이에요……."

"정말이지 한때는 어떻게 되나 걱정했답니다."

"잇군. 또 도철이 움직인다면 바로 말해. 패주러 갈 테니까."

그렇게 말한 그녀들 가운데에서…… 아오가사키만이 어째서인지 그 자리에서 움직이지 않고 우두커니 서 있었다. 여전히 떨떠름한 표정으로 땅바닥을 응시하고 있었다.

또다시 미온과 결말을 짓지 못한 것이 불만일까. 그렇다면 뼛속까지 사무라이 기질인 사람이다. 역시 류가가 없을 때 히로인들을 지휘하는 사람이다.

그런 '참무의 검사'에게 무심히 정신이 팔려 있을 때. 갑자기 내 귓가에 류가가 짧게 속삭였다.

"잘 돌아왔어, 이치로."

——이렇게 나를 최종 보스로 한 최종 결전은 간신히 대

단원을 맞이했다.

아직 여름방학을 2주 정도 남기고 '제2부 · 완결'이 되었다.

에필로그

최종 전투가 끝나자 나는 제1부의 재현처럼 병원에 실려 갔다.

의사가 진찰하더니 "건강 그 자체이지만 왼팔에 금이 갔군요"라고 했다. 물론 쿠로가메의 짓이다.

이전처럼 쿄카가 자택 요양을 하게 된 한편, 나는 다른 곳에도 부상이 없는지 검사하기 위해 하룻밤만 입원하게 되었다. 미소녀들에게 실려 와서는 단기 입원을 반복하는 소년을 과연 의사는 어떻게 생각할까.

'하아, 지쳤어……. 아무튼 오늘은 이제 푹 쉬자.'

줄곧 곁에 있어 주던 류가와 히로인들도 면회 종료 시간이 되어 마지못해 돌아갔다.

그녀들도 지쳤을 텐데 마음을 쓰게 해서 면목 없다. 하지만 병실에서도 역시 아오가사키만은 말수가 적었다만.

'어떻든 간에 일단 한 건은 해결했군.'

……여러 해프닝은 있었지만 드디어 끝났다.

코바야시 이치로를 최종 보스로 한 제2부는 완결되고 나는 류가의 곁으로 돌아올 수 있었다. 제1부에서 무턱대고 활약해버린 수수께끼도 이것으로 앞뒤가 맞겠지.

'이러니저러니 해도 텟짱도 힘내줬어. 응, 역시 나의【마신】이야.'

참고로 그 도철도 병원에 온 뒤로는 도통 말을 걸어오지 않았다. "이삼 일정도 잠 좀 자겠습니다" 하고 말하고는 줄곧 틀어박혀 있다.

적당히 조절한 합체 공격이었다지만, 덤으로 간신히 직격을 피했다고는 하지만, 그래도 꽤나 힘을 소모했으리라.

덕분에 나도 아침까지 푹 잘 수 있다……고 생각했는데 그런 일은 생기지 않았다.

"이치로 군, 안 자……?"

그날 밤늦게 병실 창문으로 삼공주가 숨어들어왔다.

아무래도 입원한 내 상태가 걱정되어 마지막으로 만나러 와준 듯하다. 하지만 그 뒤가 길었다.

"옛! 도철 님께서 건재한 거야?"

"아아, 다행이다……. 그럼 우리는 앞으로도 이치로 님 곁에 있을 수 있겠네."

"집에서 축하연을 열 준비를 해둡시다!"

"좋아, 내일은 분발해야지. 도미를 통짜로 해주지."

"물론 회를 떠서 제 몸 위에 올려서 내놓을 거죠?"

"고기가 좋쭙니다. 미온은 백로형이라서 생선밖에 없쭙니다."

그런 이유로 삼 공주는 떠나겠단 말을 간단하게 철회하고 계속해서 더부살이를 선언하고 돌아갔다.

부모님이 돌아오셨을 때, 뭐라고 설명하지…….

이튿날 아침이 되자 다시 검사받고 '다른 곳에는 이상

없음' 진단을 받은 나는 일찌감치 퇴원하기 위해 몸단장을 했다.

오늘은 옆에 알몸 여자가 없었기 때문에 상쾌하게 일어날 수 있었다. 왼팔도 격렬하게 움직이지 않는 한 아프지 않다. 이 정도면 생활에 지장은 없겠지.

'자, 앞으로 어떻게 할까······.'

분명히 최종 보스 역할에서는 해방되었다. 하지만 아직 약간의 사후처리가 남아 있다.

도철은 '절복'당해 무해해졌다── 그것을 류가에게 전해야 한다.

'어떻게 해서 대면해야 할까······. 되도록 텟짱에게 좋은 인상을 받도록 할 필요가 있겠지. 정장을 입혀서 머리를 칠대 삼으로 하고 과자 상자를 들려서······. 명함도 만들어둘까.'

그런 셈을 하고 있는데. 갑자기 병실 문이 열리고 당사자인 류가가 들어왔다.

"어, 이치로. 벌써 돌아가는 참인가?"

류가는 시원스레 말했지만 병실에 있는 게 나쁘다는 걸 안 순간 곧바로 남자아이모드를 해제한다.

그리고 태클하듯이 나에게 달려들어 말도 안 되게 뺨에 키스했다. 병실에는 침대가 모두 네 개 있지만 운 나쁘게 같은 병실의 환자가 아무도 없었던 것이 재앙이었다.

"어이, 그만해! 이제 반칙 수준이 아니라고!"

"그런 일이 있었으니까 조금쯤은 괜찮지? 어제 이치로, 줄곧 나에게 차가웠으니까. 엄청 상처받았단 말이야."

류가가 볼을 한가득 부풀리고 원망스럽게 나를 노려본다.

아무래도 진심으로 화내는 건 아닌 것 같지만 다소 꽁했던 모양이다. 상당히 유감스럽지만 이 상태라면 세미남친에서 격하될 가망은 적다.

"무, 물론 미안하지. 【마신】 탓이지만 너에게는 심한 말을……."

"보상으로 남은 여름방학은 나랑 날마다 만날 것. 그때마다 최소한 스무 번은 '좋아해 류가'라고 말할 것."

"아니, 잘못한 건 전부 【마신】이니까……."

"그래서 그 【마신】은 어떻게 됐어? 역시…… 잠이 들지는 않은 느낌이야?"

"응. 하지만 이제 내 정신을 지배할 만한 힘은 없을 거야. 금방 '절복'해서 조만간 너한테 머리를 조아리게 하러 갈게."

"아하하. 역시 이치로야. 하지만 난감하네."

"뭐, 뭐가?"

일단 침대에 앉아 이야기를 듣기로 했다. 류가도 나를 따랐지만, 역시라고 해야 하나, 내 무릎 위에 가볍게 앉았다.

창문으로 보이는 하늘은 맑고 오늘도 매미의 합창이 요란하게 오갔다.

"아버지에게 뭐라고 설명해야지……. 내 남자 친구가 【마신】의 그릇인 걸 아시면 결혼을 반대할지도 몰라……."

"그렇구나, 확실히 그렇지……. 【마신】이 깃든 인간을 히노모리의 호적에 들일 수는 없는걸! 이렇게 된 이상 이제 친구 관계로 돌아갈 수밖에 없겠구나! 그렇지!"

마침 잘됐다는 듯이 고개를 끄덕였지만 류가는 뜻을 굽히지 않았다.

"으응, 포기하지 않아. 반드시 설득해 보이겠어. 나, 이번 일로 다시 알았어. 나에게 얼마나 이치로가 소중한 존재인지를."

어제의 고전을 이겨냈기 때문인지 얄궂게도 류가의 멘탈이 강해졌다.

"기, 기다려 류가! 여기서 다시 한번 확인해두지만 어디까지나 나는 '연인 수행'에 함께할 뿐이지? 따지고 보면 오히려 스승에 가깝지?"

"동생도 그릇이었는걸. 신랑이 그릇이어도 딱히 문제없잖아."

"히노모리 가문이 카오스가 되어버리잖아! 그보다 결혼은 너무 일러──."

그러자 그때.

류가의 주머니에서 휴대전화가 울렸다. 금방 끊긴 것으로 보아 메시지의 착신음이었던 것 같다.

"아, 미안 잠깐만, 이치로."

내 코끝을 검지로 톡 하고 누르고 류가가 휴대전화를 꺼내 확인한다. "어, 레이 선배다"라고 혼잣말을 하고 얼마 안 있어—— 그녀는 입을 떡 벌렸다.

"어…… 어, 어떻게 된 거지?"

무슨 말이 씌어 있는지 류가가 격하게 동요했다. 문득 내 마음속에 이상하게 침울한 얼굴을 한 어제의 아오가사키의 모습이 떠올랐다.

아직 결혼 이야기가 끝나지 않았지만 나는 일단 물어보기로 했다.

"아오가사키 선배가 뭐라는데?"

"레이 선배…… 결혼한대……."

"…………어?"

류가를 무릎에 앉힌 채 나 역시 입을 떡 벌리고 말았다.

도철의 사후처리가 아직 끝나지 않은 가운데.

이어지는 제3부의 【마신】이 언제 나타날지도 불명인 가운데.

이상한 사이드스토리가 시작되려 했다.

후기

여러분 잘 지내시나요. 다테 야스시입니다.

이번에 '친구 캐릭터는 어렵습니까? 2'를 골라 주셔서 정말로 감사드립니다! 이렇게 다시 만날 수 있어서 무척 기쁩니다!

이번에는 '최종 보스 캐릭터는 어렵습니까?' 같은 느낌이 되었지만 어떠셨나요……. 2권 치고는 빨리도 혼돈이 왔지만 3권에서는 어떻게든 타이틀에 거짓 없는 전개로 만들고 싶습니다.

그렇지만 이 작품, 코바야시 이치로가 고뇌에 몸부림치면 그걸로 된 것 같기도 합니다. 비극과 희극은 종이 한 장차이라는 말을 들었는데 그 말이 맞을지도 모르겠습니다.

그에게 안식의 날이 오지 않도록 앞으로도 힘내겠습니다.

등장인물도 좀 늘어서 일러스트를 그려 주시는 베니오 선생님께 무척 멋진 디자인을 받았습니다.

선생님이 그리시는 캐릭터는 모두 매력적이라 더욱더 새로운 캐릭터를 출연시키고 싶은 충동이 듭니다. 적 캐릭터인 삼 공주를 삼십 공주로 하면 좋았을 텐데요.

아무튼 일러스트에 지지 않는 문장을 쓸 수 있도록 정진할 생각입니다.

앞으로도 부디 잘 부탁드립니다!

담당님을 비롯한 가가가문고 편집부 여러분.

일러스트레이터인 베니오 님.

출판에 관계하신 많은 관계자 여러분.

그리고 독자 여러분.

이번에도 감사합니다. 그리고 앞으로도 잘 부탁드립니다.

그럼 다시 뵙기를 기원합니다. 실례하겠습니다.

다테 야스시

YUJIN CHARA WA TAIHEN DESUKA? Vol.2
by Yasushi DATE
©2016 Yasushi DATE Illustrated by BENIO
All rights reserved.
Original Japanese edition published by SHOGAKUKAN.
Korean translation rights in Korea arranged with SHOGAKUKAN
through Shinwon Agency Co.

친구 캐릭터는 어렵습니까? 2

2018년　1월　1일 1판 1쇄 발행
2020년　2월　1일 1판 3쇄 발행

저　　　자 다테 야스시
일 러 스 트 베니오
옮 긴 이 박시우
발 행 인 유재옥
본 부 장 조병권
담당편집자 조찬희
편 집 1 팀 김민지 이성호 정영길 조찬희
편 집 2 팀 김다솜 지미현
편 집 3 팀 김효연 박상섭 임미나
라이츠담당 김슬비 박선희
디 지 털 박지혜 이성호 전준호
발 행 처 ㈜소미미디어
인쇄제작처 코리아피엔피
등　　　록 제2015-000008호
주　　　소 서울시 마포구 토정로222, 403호 (신수동, 한국출판콘텐츠센터)
판　　　매 ㈜소미미디어
마 케 팅 한민지 한주원
전　　　화 편집부 (070)4164-3962, 3963 기획실 (02)567-3388
　　　　　　판매 및 마케팅 (070)4165-6888, Fax (02)322-7665

ISBN 979-11-6190-283-8 04830
ISBN 979-11-6190-091-9 (세트)